Heiner Müller
Kopien 1
Rotbuch 336

Heiner Müller
Texte 10

Heiner Müller

Kopien 1

Rotbuch Verlag
Berlin

1.-4. Tausend

Gesetzt aus der Korpus Baskerville Linotype
Satz und Druck Poeschel & Schulz-Schomburgk, Eschwege
Printed in Germany.
ISBN 3 88022 336 X

INHALT

Molière
DON JUAN ODER DER STEINERNE GAST
(Originaltitel: »Don Juan ou le Festin de Pierre«)

Komödie

Mitarbeit Benno Besson

PERSONEN

Don Juan, *Sohn des Don Luis* / Sganarelle, *Don Juans Diener* / Elvira, *Don Juans Frau* / Guzman, *Elviras Rittmeister* / Don Carlos, *Elviras Bruder* / Don Alonso, *Elviras Bruder* / Don Louis, *Don Juans Vater* / Francisque, *ein armer Mann* / Charlotte, *Bauernmädchen* / Mathurine, *Bauernmädchen* / Pierrot, *Bauer* / Die Statue des Komtur / La Violette, *Don Juans Lakai* / Ragotin, *Don Juans Lakai* / Monsieur Dimanche, *Händler* / La Ramie, *gedungener Mörder* / Gefolge des Don Juan / Gefolge von den Brüdern Don Carlos und Don Alonso / Ein Gespenst.

Die Handlung ist auf Sizilien.

I

1

Sganarelle, Guzman.

SGANARELLE Was immer Aristoteles sagen mag und die ganze Philosophie – nichts kommt dem Tabak gleich; er ist die Passion der Leute von Stand, und wer ohne Tabak lebt, lebt unverdient: Nicht nur erfreut und spült er das menschliche Hirn, er lehrt die Seelen Tugend, und man lernt von ihm den Anstand. Sehen Sie nicht, wie man mit aller Welt umgeht auf die gefälligste Weise, entzückt, ihn anzubieten links und rechts, wenn man schnupft? Man wartet nicht, bis jemand darum bittet, man kommt dem Wunsch der Leute zuvor, so wahr ist es, daß der Tabak allen Schnupfern Gefühle der Ehre und der Tugend eingibt. Aber genug von diesem Stoff, nehmen wir unsre Rede wieder auf. Lieber Guzman, deine Elvira, deine Herrin, von unserer Abreise sehr überrascht, ist hinter uns her zu Feld gezogen; und ihr Herz, das mein Herr zu heftig gerührt hat, konnte nicht leben, sagst du, ohne ihm nachzulaufen. Soll ich dir, ganz unter uns, meine Meinung sagen? Ich fürchte, daß sie für ihre Liebe schlecht belohnt sein wird, daß eure Reise in diese Stadt wenig einbringt und daß ihr besser getan hättet, euch nicht vom Fleck zu rühren.

GUZMAN Aber dein Grund, Sganarelle, sag mir den Grund, ich bitte dich, der dich so Fatales befürchten läßt? Hat dir dein Herr sein Herz geöffnet, hat er dir gesagt, er empfinde für uns eine gewisse Kälte, die ihn zur Abreise zwang?

SGANARELLE Nicht das, aber mit der Nase weiß ich den Lauf der Dinge, und ohne daß er mir etwas gesagt hat, wette ich, die Sache geht in diese Richtung. Ich kann mich irren, aber schließlich, über solche Gegenstände hat mir die Erfahrung einige Aufklärung verschafft.

GUZMAN Was, diese so wenig vermutete Abreise wäre

eine Untreue von Don Juan? Er könnte Elviras keuschem Feuer solche Schmach antun?

SGANARELLE Nun, er ist noch etwas jung, und hat den Mut nicht...

GUZMAN Ein Mann von seinem Rang und solche Feigheit?

SGANARELLE Ach ja, sein Rang. Ein schöner Grund. Der wird ihn hindern!

GUZMAN Aber die heiligen Bande der Ehe verpflichten ihn.

SGANARELLE Ach, mein armer Guzman, mein Freund, du weißt noch nicht, glaub mir, was Don Juan für ein Mensch ist.

GUZMAN Ich weiß wirklich nicht, was für ein Mensch er ist, wenn er uns diesen Treubruch angetan hat; und ich verstehe nicht, wie, nach so viel geschworener Liebe und bewiesener Ungeduld, nach so viel dringenden Huldigungen, Wünschen, Seufzern und Tränen, so viel leidenschaftlichen Briefen, brennenden Erklärungen und wiederholten Schwüren, nach so viel taumelndem Ausbruch und wilder Wallung, die er zeigte, so weit, daß er in seiner Leidenschaft die heilige Hürde, ein Kloster, bezwang, um Dona Elvira in seine Macht zu bekommen: Ich verstehe da nicht, sage ich, wie nach alledem er das Herz haben kann, sein Wort zu brechen.

SGANARELLE Ich habe keine Mühe, es zu verstehn, ich nicht; und wenn du diesen Vogel kennen würdest, erschiene dir das eine Kleinigkeit für ihn. Ich sage nicht, daß er sein Gefühl für Dona Elvira geändert hat, ich habe da noch keine Gewißheit: Du weißt, daß ich auf seinen Befehl vor ihm aufgebrochen bin, und seit seiner Ankunft hat er sich mir noch nicht mitgeteilt, aber aus Vorsicht eröffne ich dir, unter uns, daß du in Don Juan, meinem Herrn, den größten Verbrecher sehen mußt, den die Erde getragen hat; einen Tollwütigen, einen Hund, einen Teufel, einen Türken, einen Häretiker, der weder Himmel, Heilige, Gott noch Werwolf glaubt; der dieses Leben als ein wahres rohes Vieh verlebt; ein epikuräisches Schwein, ein Sardanapal, der sein Ohr allen christlichen Vorhaltungen sperrt, die man ihm machen kann, und alles, was wir glauben, ein Gespinst nennt. Du sagst, er hat deine Herrin geheiratet; glaube, daß er um seiner Leidenschaft willen mehr getan hätte, und daß er mit ihr dich geheiratet hätte, ihren Hund und ihre Katze. Eine Heirat kostet ihn nichts, er benutzt keine andere Falle, um die Schönen zu fangen; und er ist eine Heiraterbestie: Frauen, Fräuleins, Bürgerliche, Bäuerinnen, nichts ist ihm zu warm, nichts ist ihm zu kalt, und wenn ich dir die Namen aller nennen wollte, die er an verschiedenen Orten geheiratet hat, wäre das ein Kapitel bis morgen früh. Du staunst und wechselst die Farbe vor meiner Rede; das ist nur eine Skizze der Figur, und um sein Porträt zu vollenden, bedürfte es ganz anderer Pinselstriche. Kurz, der Himmelszorn muß eines Tages über ihn kommen: Es wäre für mich besser, des Teufels als sein zu sein, und so viel Grauen läßt er mich erleben, daß ich wünsche, er möge sein, ich weiß nicht wo. Aber ein böser Mensch, der ein großer Herr ist, ist eine schreckliche Sache; ich muß ihm die Treue halten, wie es mich auch verdrießt, meine Furcht ist mein Eifer, bremst meine Gefühle und bringt mich oft genug dahin, das zu beklatschen, was meine Seele verabscheut. Da kommt er, durch diesen Palast zu promovieren, promenieren. Trennen wir uns. Höre, du, ich habe dir diese vertrauliche Mitteilung offen gemacht, und das alles ist mir ein wenig schnell aus dem Mund gegangen, aber wenn etwas davon ihm ans Ohr kommen sollte, würde ich laut sagen, daß du gelogen hast.

2

Don Juan, Sganarelle.

DON JUAN Welcher Mann sprach mit dir eben? Er sieht mir genau aus wie der gute Guzman von Dona Elvira.

SGANARELLE Er ist auch ungefähr so etwas.

DON JUAN Was, er ist es?

SGANARELLE Er selbst.

DON JUAN Und seit wann ist er in dieser Stadt?

SGANARELLE Seit gestern abend.

DON JUAN Und was bringt ihn her?

SGANARELLE Ich glaube, Sie können selbst urteilen, was ihn beunruhigt.

DON JUAN Unsere Abreise wahrscheinlich.

SGANARELLE Der brave Mann ist ganz betrübt davon und fragt mich nach dem Grund.

DON JUAN Und welche Antwort hast du gegeben?

SGANARELLE Daß Sie mir nichts gesagt haben.

DON JUAN Weiter. Wie denkst du darüber, wie stellst du dir die Sache vor?

SGANARELLE Ich? Ich glaube, ohne Ihnen Abbruch tun zu wollen, Sie haben eine neue Liebe im Kopf.

DON JUAN Das glaubst du?

SGANARELLE Ja.

DON JUAN Nun, du irrst dich nicht, und ich muß dir gestehen, daß eine andere Dona Elvira aus meinen Gedanken vertrieben hat.

SGANARELLE Ach mein Gott! Ich kann mir meinen Don Juan an den Fingern abzählen und kenne Ihr Herz als den größten Läufer der Welt: Von Band zu Band zu spazieren gefällt ihm, und es bleibt nicht gern auf einer Stelle.

DON JUAN Und findest du nicht, sag mir, daß ich recht habe, es so zu handhaben?

SGANARELLE Ach, Monsieur!

DON JUAN Was? Sprich.

SGANARELLE Sicher haben Sie recht; wenn Sie es so wollen, kann man nicht dagegen gehn; aber wenn Sie es nicht wollten, wäre es vielleicht etwas anderes.

Don Juan Also, ich gebe dir die Freiheit zu sprechen und mir zu sagen, was du davon hältst.

Sganarelle In dem Fall, Monsieur, sage ich Ihnen offen, daß ich Ihre Methode nicht billige und daß ich es sehr häßlich finde, nach allen Seiten zu lieben, wie Sie es tun.

Don Juan Was? Du willst, daß man sich bindet an den ersten einnehmenden Gegenstand, daß man für ihn der Welt entsagt und keine Augen mehr hat für andre. Schöne Sache, sich zu verschreiben dem falschen Ehrgeiz, treu zu sein, sich zu begraben für immer in einer Leidenschaft und tot zu sein von Jugend auf für alle andere Schönheit, die unsere Augen rühren kann! Nein, nein, Beständigkeit ist gut für Schwachköpfe, alle Schönen haben das Recht, uns zu bezaubern, und der einen Vorzug darf die andern nicht berauben der gerechten Ansprüche auf unser Herz. Was mich angeht, Schönheit reizt mich, wo ich sie finde; und ich gebe leicht dieser süßen Gewalt nach, mit der sie uns hinreißt. Auch wenn ich engagiert bin, die Liebe für eine Schöne verpflichtet meine Seele nicht, den anderen Unrecht zu tun; ich behalte Augen, die Vorzüge aller zu sehn, und ich lasse jeder die Huldigungen und den Tribut zukommen, die uns die Natur auferlegt. Wie dem auch sei, ich kann mein Herz dem, was mir liebenswürdig erscheint, nicht versagen, und sobald ein schönes Gesicht es von mir will, und hätte ich zehn Tausend Herzen, ich schenkte sie sämtlich weg. Die aufkommenden Neigungen, alles in allem, haben unaussprechliche Reize, und die ganze Wonne der Liebe liegt im Wechsel. Es ist unendlich süß, das Herz einer jungen Schönheit durch tausend Huldigungen zu bezwingen, Tag für Tag die kleinen Fortschritte zu beobachten, die man macht; durch Ausbrüche, durch Tränen und Seufzer die unschuldige Scham einer Seele zu bekämpfen, der es Mühe macht, die Waffen zu strecken; Zoll für Zoll die kleinen Widerstände umzustoßen, die sie uns entgegenstellt; die Skrupel zu besiegen, die sie sich zur Ehre anrechnet,

und sachte sie dahin zu locken, wo wir sie haben wollen.
Aber wenn man ihrer Herr ist, gibt es nichts mehr zu sagen, nichts mehr zu wünschen, all das Schöne der Leidenschaft ist vorbei, und wir schlafen ein, in der Ruhe einer solchen Liebe, wenn nicht ein neuer Gegenstand unsere Sehnsucht wecken kommt und unseren Herzen die anziehenden Reize bietet einer neu zu machenden Eroberung. Kurz: Nichts ist so süß als über den Widerstand einer schönen Person zu triumphieren, und ich habe auf diesem Gebiet den Ehrgeiz der Eroberer, die ewig von Sieg zu Sieg fliegen und sich nicht bescheiden können, ihren Wünschen Grenzen zu setzen. Es gibt nichts, was die Wildheit meiner Sehnsüchte aufhalten kann. Ich fühle in mir ein Herz, die ganze Welt zu lieben, und wie Alexander wünschte ich mir andere Welten, damit ich meine Feldzüge der Liebe auf sie ausdehnen könnte.

SGANARELLE Mann! Wie Sie das herunterleiern, als hätten Sie alles auswendig gelernt. Sie sprechen wie ein Buch.

DON JUAN Was hast du dazu zu sagen?

SGANARELLE Ja, ich muß sagen... ich weiß nicht, was sagen; denn Sie drehen die Dinge so, daß es scheint, daß Sie recht haben, und doch ist es wahr, daß nicht. Ich hatte die besten Gedanken der Welt, aber Ihre Rede hat mir alles durcheinander gebracht; lassen Sie nur, das nächste Mal schreibe ich meine Beweisführung auf, wenn ich mit Ihnen diskutiere.

DON JUAN Du tätest recht daran.

SGANARELLE Und doch, Monsieur, bliebe es im Rahmen der Erlaubnis, die Sie mir gegeben haben, wenn ich Ihnen sage, daß ich ein wenig skandalisiert bin durch das Leben, das Sie führen?

DON JUAN Wieso, welches Leben führe ich?

SGANARELLE Ein sehr gutes Leben. Aber zum Beispiel: Zu sehen, wie Sie jeden Monat heiraten.

DON JUAN Was gibt es Angenehmeres?

SGANARELLE Richtig, ich stelle mir vor, daß das sehr angenehm und sehr unterhaltend ist, und ich würde damit nicht unzufrieden sein, wenn nichts Böses daran wäre; aber, Monsieur, mit einem geheiligten Mysterium so sein Spiel treiben und ...

DON JUAN Geh, geh, das ist eine Sache zwischen dem Himmel und mir, und wir werden schon auseinanderkommen, ohne daß du dich darum kümmerst.

SGANARELLE Also, Monsieur, ich habe immer sagen hören, mit dem Himmel scherzen ist ein schlechter Scherz, und diese Libertins nehmen nie ein gutes Ende.

DON JUAN He, Meister Dumm, Sie wissen, ich habe Ihnen gesagt, daß ich Moralprediger nicht mag.

SGANARELLE Ich spreche auch gar nicht zu Ihnen, Gott bewahre mich. Sie wissen, was Sie tun, und wenn Sie nichts glauben, haben Sie Ihre Gründe; aber es gibt gewisse kleine Frechlinge in dieser Welt, die Freigeister sind, ohne zu wissen, warum. Die die starken Geister spielen, weil sie denken, das steht ihnen gut, und hätte ich einen solchen Herrn, ich sagte ihm sehr deutlich ins Gesicht: Wie können Sie es wagen, mit dem Himmel so Ihr Spiel zu treiben? Zittern Sie nicht zu verspotten, wie Sie es tun, die heiligsten Dinge? Das ist wahrlich Ihre Sache, Sie kleiner Erdenwurm, Sie kleiner Myrmidon, Sie (ich spreche zu dem Herrn, von dem ich sprach), das ist Ihre Sache, ins Lächerliche zu ziehn, was alle verehren. Meinen Sie, weil Sie adlig sind, mit einer hübsch frisierten blonden Perücke, mit Federn an Ihrem Hut, viel Gold auf Ihrem Rock und feuerroten Bändern (ich spreche nicht zu Ihnen, ich spreche zu dem Herrn, von dem ich spreche), meinen Sie, sage ich, daß Sie darum schlauer sind, daß Ihnen alles erlaubt ist und daß man nicht mehr wagt, Ihnen die Wahrheit über Sie in Ihr Gesicht zu sagen? Hören Sie es von mir, der ich Ihr Diener bin, daß der Himmel früh oder spät die Gottlosen bestraft, daß ein böses Leben einen bösen Tod bringt und daß –

DON JUAN Ruhe.

SGANARELLE Wovon ist die Rede?

DON JUAN Davon, daß eine Schönheit mich am Herzen hat und, hingerissen von ihren Reizen, ich ihr bis in diese Stadt gefolgt bin.

SGANARELLE Und befürchten Sie hier nichts, Monsieur, vom Tode dieses Komturs, den Sie vor sechs Monaten getötet haben?

DON JUAN Warum fürchten? Habe ich ihn nicht gut getötet?

SGANARELLE Sehr gut, ausgezeichnet, er hat sich nicht zu beklagen.

DON JUAN Ich habe in dieser Sache meine Begnadigung bekommen.

SGANARELLE Ja, aber diese Begnadigung löscht vielleicht nicht die Rachsucht der Verwandten, der Freunde und...

DON JUAN Ah! Laß uns nicht denken, was uns Schlimmes ereilen, sondern einzig, was uns Vergnügen bereiten kann. Die Person, von der ich dir erzähle, ist eine junge Braut, die angenehmste der Welt, die hierhergeführt wurde von dem Mann, den sie hier heiraten soll. Und der Zufall hat mich dieses Liebespaar erblicken lassen einige Tage vor ihrer Reise. Nie habe ich zwei Menschen so miteinander zufrieden gesehn, noch so strahlend verliebt. Die sichtbare Zärtlichkeit ihres gegenseitigen Feuers bewegte mich, traf mich im Herzen, und meine Liebe begann mit der Eifersucht. Ja, ich konnte es nicht ertragen, sie so zusammen zu sehen. Der Neid entzündete meine Sehnsucht, und ich stellte es mir als ein extremes Vergnügen vor, ihr Einvernehmen zu trüben und eine Bindung zu zerschlagen, die mein empfindsames Herz für eine Beleidigung nahm. Aber bisher sind alle Anstrengungen unnütz gewesen, und ich muß zum letzten Mittel greifen. Dieser anverlobte Mann will heute seine Geliebte mit einer Spazierfahrt auf dem Meer unterhalten. Ohne dir ein Wort davon zu sagen, habe ich alle Vorkehrungen getroffen, meine Liebe zu befriedigen, und ich habe ein kleines Boot und Leute, womit ich die Schöne leicht entführen werde.

SGANARELLE Ach, Monsieur!

DON JUAN Wie?

SGANARELLE Sie haben vollkommen recht, so muß man die Dinge nehmen, und das beste auf dieser Welt ist, sich befriedigen.

DON JUAN Bereite dich also vor, mit mir zu kommen, und sorge du dafür, daß wir all meine Waffen mitnehmen, damit, *er sieht Dona Elvira*, ah, lästige Begegnung! Verräter, du hast mir nicht gesagt, daß sie selbst hier ist.

SGANARELLE Monsieur, Sie haben mich nicht danach gefragt.

DON JUAN Ist sie wahnsinnig? Sie hat sich nicht umgezogen und erscheint an einem solchen Ort in Reisekleidung?

3

Dona Elvira, Don Juan, Sganarelle.

DONA ELVIRA Werden Sie mir die Gnade erweisen, Don Juan, mich erkennen zu wollen? Darf ich wenigstens hoffen, daß Sie sich herablassen, das Gesicht hierher zu wenden?

DON JUAN Madame, ich gestehe, daß ich überrascht bin und daß ich Sie hier nicht erwartet habe.

DONA ELVIRA Ja, ich sehe, daß Sie mich hier nicht erwarteten, und Sie sind überrascht, in der Tat, aber anders, als ich hoffte. Und die Art, wie Sie es zeigen, überzeugt mich ganz von dem, was mir zu gestehen ich mich sträubte. Mich wundert meine Einfalt und die Schwäche meines Herzens, daß ich um einen Verrat im Zweifel war, den mir so vieler Augenschein bewies. Ich war so gut, ich gestehe es, oder vielmehr so dumm, mich selbst zu täuschen, und strengte mich an, meinen Augen nicht zu glauben und meinem Urteil. Ich suchte Gründe, vor meiner Zärtlichkeit das Schwinden Ihrer Liebe zu entschuldigen, das ich entdeckte. Ich habe mutwillig mir hundert gute Gründe geschmiedet für Ihre plötzliche Abreise, um Sie von dem Verbrechen freizusprechen, dessen mein Verstand Sie anklagte. Mein gerechter Verdacht wurde umsonst jeden Tag neu geweckt. Ich verweigerte mein Ohr der Stimme, die Sie zu einem Verbrecher machte, und hörte mit Vergnügen auf tausend lächerliche Phantasien, die Sie meinem Herzen unschuldig malten, aber dieser Empfang erlaubt mir nicht länger zu zweifeln, und der Blick, der mich empfing, lehrte mich mehr, als ich zu wissen wünschte. Ich wäre indessen sehr froh, aus Ihrem eigenen Mund die Gründe Ihrer Abreise zu hören. Sprechen Sie, Don Juan, ich bitte Sie, und laßt uns sehen, auf welche Art Sie sich rechtfertigen werden.

DON JUAN Madame, hier Sganarelle weiß, warum ich abgereist bin.

SGANARELLE Ich, Monsieur, ich weiß von nichts, bitte.

DONA ELVIRA Nun, Sganarelle, sprechen Sie, es ist unwichtig, aus welchem Mund ich seine Gründe höre.

DON JUAN *winkt Sganarelle her*: Los, sprich zu Madame.

SGANARELLE Was soll ich sagen?

DONA ELVIRA Kommen Sie, da man es so wünscht, und sagen Sie mir die Gründe einer so plötzlichen Abreise.

DON JUAN Willst du nicht antworten?

SGANARELLE Ich habe nichts zu antworten. Sie machen sich über Ihren Diener lustig.

DON JUAN Willst du antworten, sag ich.

SGANARELLE Madame...

DONA ELVIRA Wie?

SGANARELLE *wendet sich seinem Herrn wieder zu*: Monsieur...

DON JUAN *droht*: Wenn du...

SGANARELLE Madame, schuld an unserer Abreise sind die Eroberer, Alexander und die anderen Welten. Das, Monsieur, ist alles, was ich sagen kann.

DONA ELVIRA Beliebt es Ihnen, Don Juan, dieses schöne Geheimnis uns zu erhellen?

DON JUAN Madame, die Wahrheit zu sagen...

DONA ELVIRA Ah! Wie schlecht Sie sich zu verteidigen

wissen als Hofmann, der doch gewohnt sein sollte solche Gelegenheiten! Sie tun mir leid, wenn ich Ihre Verwirrung sehe. Warum bewaffnen Sie nicht Ihre Stirn mit edler Frechheit? Warum schwören Sie mir nicht, daß Sie immer noch die gleichen Gefühle für mich hegen, daß Sie mich immer noch lieben mit unvergleichlichem Feuer und daß nichts als der Tod Sie von mir lösen kann? Warum sagen Sie mir nicht, daß wichtige Geschäfte Sie zwangen, abzureisen ohne Nachricht, daß Sie gegen Ihre Neigung hier eine Zeit bleiben müssen, und daß ich einfach zurückkehren soll, woher ich komme, in der Gewißheit, daß Sie mir folgen werden, sobald Sie es können? Und daß fern von mir Sie leiden, was ein Körper leidet, der von seiner Seele getrennt ist? So sollten Sie sich verteidigen, und nicht dumm dastehn, wie Sie es tun.

DON JUAN Ich gestehe, Madame, ich habe kein Talent zur Verstellung, ich trage ein ehrliches Herz in der Brust. Ich sage Ihnen nicht, daß ich immer noch die gleichen Gefühle für Sie hege, daß ich darauf brenne, zu Ihnen zurückzukehren, da schließlich offenbar ist, daß ich nur abgereist bin, um vor Ihnen zu fliehn. Nicht aus den Gründen, die Sie sich denken können, sondern aus reinen Gewissensgründen und weil ich nicht länger glauben kann, daß ich mit Ihnen ohne Sünde zu leben vermag. Mir kamen Skrupel, Madame, und meiner Seele gingen die Augen auf über meine Handlungsweise. Ich bedachte, daß ich, um Sie zu heiraten, Sie der Abgeschiedenheit eines Klosters entriß, daß Sie Gelübde brachen, die Sie anderweitig banden, und daß der Himmel sehr eifersüchtig ist in solchen Dingen. Die Reue bemächtigte sich meiner, und ich fürchtete den himmlischen Zorn. Ich glaubte, unsere Heirat sei nichts als ein verkappter Ehebruch, daß Sie die Mißgunst von oben auf uns zögen, kurz, daß ich versuchen sollte, Sie zu vergessen und Ihnen die Möglichkeit geben müsse, zurückzukehren zu Ihren ersten Ketten. Wollen Sie, Madame, sich einer so heiligen Überlegung widersetzen? Wollen Sie, daß ich, indem ich Sie zurückhalte, mir den Himmel auf den Hals lade, und daß ...

DONA ELVIRA Ah, Lump, jetzt kenne ich dich ganz, und zu meinem Unglück kenne ich dich so spät, daß eine solche Kenntnis nur mehr dazu dienen kann, mich verzweifeln zu machen. Aber wisse, daß dein Verbrechen nicht ungesühnt bleiben wird und daß der gleiche Himmel, mit dem du dein Spiel treibst, mir deine Falschheit rächen wird.

DON JUAN Sganarelle, der Himmel!

SGANARELLE Ja, wirklich, *bekreuzt sich*, darauf pfeifen wir.

DON JUAN Madame ...

DONA ELVIRA Genug, ich will nichts mehr hören, und ich beschuldige mich sogar, schon zu viel angehört zu haben. Es ist Feigheit, sich seine Schande erklären zu lassen. Und in solchen Dingen soll ein edles Herz beim ersten Wort entscheiden. Erwarte nicht, daß ich hier in Vorwürfe und Beschimpfungen ausbreche. Nein, nein, mein Zorn ist nicht von der Art, die in eitlen Worten sich Luft macht, seine ganze Hitze bewahrt sich für die Rache auf. Ich sage es dir noch einmal, der Himmel wird dich strafen, Verräter, für die Schmach, die du mir angetan hast. Und wenn der Himmel nichts hat, dich zu schrecken, so fürchte zumindest den Zorn einer beleidigten Frau. *Ab.*

SGANARELLE Wenn die Reue ihn packen könnte.

DON JUAN *nach einem Moment der Überlegung*: Komm, denken wir an die Ausführung unseres Liebesunternehmens.

SGANARELLE Ah! Welch abscheulichem Herrn bin ich gezwungen zu dienen!

II

1

Charlotte, Pierrot.

CHARLOTTE Dunner, Pierrot, du bist da gerade richtig dagewesen.

PIERROT Richtig, es hat nicht die Dicke von einer Nadel gefehlt, sie wären beide ersoffen.

CHARLOTTE Der Windstoß von heute morgen, hat der sie ins Meer gekippt?

PIERROT Also, Charlotte, dann will ich dir haarklein erzählen, wie das gekommen ist; denn, wie eins so sagt, ich hab sie als erster angepeilt, angepeilt als erster hab ich sie. Also ich war am Seestrand, ich und der dicke Lukas, wir neckten uns mit Erdklumpen, die wo wir uns an den Kopf schmissen; denn, wie du weißt, der dicke Lukas neckt sich gern, und ich manchmal neck mich auch gern. Beim Necken also, weil wir beim Necken sind, da seh ich ganz weit was im Wasser wimmeln, und das kommt in unsere Richtung so stoßweise. Ich seh das ganz fest, und dann plötzlich seh ich, daß ich nichts mehr seh. He, Lukas, sag ich, ich denk, das sind Männer, die dort schwimmen. Quatsch, sagt er, du hast eine Katze verscheiden sehn, du hast einen trüben Blick. Verdammt, sag ich, ich hab keinen trüben Blick, das sind Männer. Überhaupt nicht, sagt er, du hast die Blendung. Willst du wetten, sag ich, daß ich nicht die Blendung habe, sag ich, und daß es zwei Männer sind, sag ich, die auf uns zuschwimmen, sag ich. Verdammt, sagt er, ich wette, daß nicht. Na denn, sag ich, willst du zehn Sous wetten, daß doch? Ja, das will ich, so sagt er, und damit ichs dir zeig, hier ist das Geld auf der Hand, sagt er zu mir. Ich war da nicht dumm oder dämlich, ich wette vier Groschen und fünf Sechser dazu, so waghalsig, wie ich ein Glas Wein kippe, denn ich bin abenteuerlich, ich, und geh aufs Ganze. Ich wußte genau, was ich tat, bin ich hier? Kurz, kaum hab ich gesetzt, da sahen wir die beiden Männer ganz klar, die winkten uns, daß wir sie holen solln, und ich kassiere also zuerst den Einsatz. Los, Lukas, sag ich, du siehst doch, daß sie uns rufen: los, schnell zur Hilfe. Nein, sagt er, wegen denen hab ich verloren. Also schließlich, um es kurz zu machen, ich hab so lange auf ihn eingeredet, bis wir uns an ein Boot gemacht haben. Und dann haben wir solange hin und her gemacht, bis wir sie aus dem Wasser gezogen haben, dann hab ich sie nach Hause gebracht ans Feuer, und dann haben sie sich nackicht ausgezogen zum Trocknen, und dann sind noch zwei aus derselben Bande gekommen, die sich allein gerettet hatten, und dann ist die Mathurine gekommen, mit der er immer geäugelt hat. So genau, Charlotte, ist alles gekommen.

CHARLOTTE Hast du nicht gesagt, Pierrot, daß der eine viel hübscher ist als die andern?

PIERROT Ja, das ist der Herr, er muß ein großes Tier sein, er hat Gold am Rock, ganz von oben bis unten. Und was ihm dienen, sind selbst große Tiere, und verdammt, ein so großes Tier, wie er ist, er wär glatt ersoffen, wenn ich nicht gewesen wär.

CHARLOTTE Sieh mal an.

PIERROT Ja, verdammt, ohne uns wär er hinüber.

CHARLOTTE Ist er noch bei euch nackicht am Feuer, Pierrot?

PIERROT Nee, nee, sie haben ihn wieder angezogen vor uns allen. Meine Güte, ich hatt noch nie gesehn, daß so einer sich anzieht. Was für Geschichten und Firlefanzen diese Hofleute und Herren sich antun, ich tät mich drin verlieren, und ich war ganz verdattert vom Sehn. Sieh, du Charlotte, die haben Haare, die nicht auf ihrem Kopf gewachsen sind, und die setzen sie auf, wie eine große Mütze aus Werg. Die haben Hemden mit Ärmeln, da würden wir beide reinpassen, du und ich, statt eine Hose tragen sie einen Rock, so breit wie von hier bis Ostern, statt einem Wams ganz kleine Hemdchen, die ihnen nicht bis unter die Brustwarze reichen. Statt einen Kragen ein großes Halstuch, aus Spitzen mit vier großen Tuchquaddeln, die ihnen auf dem Magen baumeln. Sie haben auch am Arm vorn solche Kragen und große Spitzen-Trichter an den Beinen, und mittenmang Bänder, Bänder, daß es einem leid tun kann. Bis zu den Schuhen, die davon ganz gespickt sind von einem Ende zum andern und so gemacht, daß ich mir damit den Hals brechen würde.

CHARLOTTE Pierrot, ich muß mir das alles ansehn.

PIERROT Hör erst einmal zu, Charlotte, ich habe etwas anderes dir zu sagen.

CHARLOTTE Sag schon, was ist los?

PIERROT Siehst du, Charlotte, ich muß dir, wie man so sagt, mein Herz ausschütten. Ich liebe dich, das weißt du, und ich bin dafür, daß wir uns heiraten, aber, Potzdunner, ich bin nicht mit dir zufrieden.

CHARLOTTE Wieso? Was ist los?

PIERROT Es ist los, daß du mir Kummer machst.

CHARLOTTE Wieso denn?

PIERROT Verdammich, du liebst mich nicht.

CHARLOTTE Ah, sonst nichts.

PIERROT Nein, sonst nichts, und es ist schlimm genug.

CHARLOTTE Mein Gott, Pierrot, du kommst mir immer mit derselben Sache.

PIERROT Ich komme immer mit derselben Sache, weil es immer dieselbe Sache ist, und wenn es nicht immer dieselbe Sache wär, würd ich nicht immer mit derselben Sache kommen.

CHARLOTTE Aber was brauchst du noch? Was willst du?

PIERROT Verdammich, ich will, daß du mich liebst.

CHARLOTTE Ich liebe dich nicht?

PIERROT Nein, du liebst mich nicht, wenn ich dazu auch alles tu, was ich kann. Ich mach dir keinen Vorwurf, aber ich kauf dir Bänder bei jedem Händler, der vorbeikommt, ich brech mir fast den Hals um Amseln für dich aus dem Nest, ich laß für dich die Leierkastenspieler spielen, wenn du Geburtstag hast, und alles ist, als tät ich mit dem Kopf gegen die Wand haun. Siehst du, das ist weder schön noch anständig, wenn man die Menschen nicht liebt, die einen lieben.

CHARLOTTE Aber mein Gott, ich lieb dich doch.

PIERROT Ja, du liebst mich auf eine schöne Art.

CHARLOTTE Wie willst du denn, daß ich es mache?

PIERROT Ich will, daß du es so machst, wie man es macht, wenn man liebt, wie es sich gehört.

CHARLOTTE Ich liebe dich nicht, wie es sich gehört?

PIERROT Nein. Wenn dem so ist, dann sieht man es, man macht tausend kleine Affigkeiten dem Menschen, den man richtig liebt. Schau die dicke Thomasse, wie sie verrückt ist nach dem jungen Robain, sie schwirrt immer um ihn rum und ärgert ihn und läßt ihm keine Ruh. Immerfort stellt sie was mit ihm an oder haut ihm einen Klaps im Vorbeigehn. Neulich sitzt er auf einem Schemel, da zog sie ihm den Schemel weg von unter ihm, so daß er hinfliegt, so lang wie er ist. Da sieht man, wer richtig liebt, aber du, du sagst mir nie was, du stehst immer rum wie ein Holzklotz, ich könnte zwanzigmal an dir vorbeigehn, ohne daß du dich rührst und gibst mir einen kleinen Hieb oder sagst mir was. Verdammt noch mal, das ist nicht schön, du bist zu kalt.

CHARLOTTE Das ist mein Temperament, ich kann mich nicht umschmelzen.

PIERROT Das hat mit Temperatur nichts zu tun. Wenn man für einen Liebe hat, dann zeigt man ein Anzeichen.

CHARLOTTE Also ich liebe dich so viel, wie ich kann, und wenn du nicht damit zufrieden bist, kannst du eine andre lieben.

PIERROT Siehst du, was hab ich gesagt? Potzdunner, tätest du das sagen, wenn du mich lieben tätest.

CHARLOTTE Warum machst du mir den Kopf heiß?

PIERROT Was hab ich dir getan? Ich verlang bloß ein bißchen Liebe.

CHARLOTTE Laß es laufen und dräng mich nicht so. Vielleicht kommt es mal von selber, ohne dran zu denken.

PIERROT Gut, Charlotte. *Reicht ihr die Hand.*

CHARLOTTE Gut, da.

Pierrot Versuch, mich mehr zu lieben, versprich mir das.

Charlotte Ich will alles tun, was ich kann, aber es muß von selber kommen. Pierrot, ist das der Herr?

Pierrot Ja, das ist er.

Charlotte Mein Gott, ist er nett, und wär das schade, wenn er ersoffen wär.

Pierrot Ich komm gleich, ich geh auf ein Glas, mich von der Mühe auffrischen, die er mir gemacht hat.

2

Don Juan, Sganarelle, Charlotte.

Don Juan Sganarelle, wir haben unsere Sache verfehlt. Und dieser unvorhergesehene Windstoß hat mit unserem Boot unsern Plan umgeworfen. Aber, um dir die Wahrheit zu sagen, die Bäuerin, die ich eben verließ, macht es wieder gut. Ich fand an ihr Reize, vor denen mein ganzer Kummer über unser mißratenes Unternehmen verflog. Dieses Herz darf uns nicht entgehen, und ich habe es schon in eine solche Verfassung gebracht, daß es mich nur noch wenige Seufzer kosten dürfte.

Sganarelle Monsieur, ich gestehe, daß Sie mich erstaunen, kaum sind wir aus der Todesgefahr; statt dem Himmel dankzusagen für das Erbarmen, das er uns angedeihen ließ, arbeiten Sie schon wieder daran, seinen Zorn aufzuregen durch Ihre gewohnten Phantasien, Ihre Liebesverbr ... Ruhe, Lump! Sie wissen nicht, was Sie sagen, und Monsieur weiß, was er tut. Gehn wir.

Don Juan *sieht Charlotte*: Ah, woher kommt uns diese andere Bäuerin, Sganarelle? Hast du je etwas Hübscheres gesehen? Findest du nicht auch, sag, daß sie nicht schlechter ist als die andere?

Sganarelle Sicher. *Beiseite*: Ein neues Kunststück.

Don Juan Wem verdanke ich, meine Schöne, eine so angenehme Begegnung? Was, in dieser ländlichen Gegend, inmitten von Bäumen und Felsen, findet man Wesen, geschaffen wie Sie?

CHARLOTTE Wie Sie sehen, Monsieur.

DON JUAN Sind Sie aus dem Dorf?

CHARLOTTE Ja, Monsieur.

DON JUAN Und da wohnen Sie?

CHARLOTTE Ja, Monsieur.

DON JUAN Und Sie heißen?

CHARLOTTE Charlotte, zu dienen.

DON JUAN Ah, schöne Person! Und wie durchbohrend ihre Augen!

CHARLOTTE Monsieur, ich muß mich schämen.

DON JUAN Ah, schämen Sie sich nicht, die Wahrheit über sich zu hören. Sganarelle, was sagst du, kann man Angenehmeres sehen? Drehen Sie sich ein wenig, bitte. Ah, wie hübsch diese Taille! Heben Sie den Kopf ein wenig, ich bitte Sie: ah, wie niedlich das Gesicht! Machen Sie die Augen auf, weit auf: ah, sind sie schön! Ich muß Ihre Zähne sehen, bitte: ah, wie amourös! und die köstlichen Lippen! Ich bin bezaubert. Nie habe ich ein so reizendes Geschöpf gesehen.

CHARLOTTE Monsieur, das sagen Sie so. Ich weiß nicht, ob Sie sich über mich lustig machen oder nicht.

DON JUAN Ich mich über Sie lustig machen? Gott behüte, dazu liebe ich Sie zu sehr, und was ich Ihnen sage, kommt aus tiefstem Herzen.

CHARLOTTE Wenn das so ist, bin ich Ihnen sehr verbunden.

DON JUAN Nicht doch, Sie sind mir verbunden für nichts, was ich sage, Sie schulden es nur ihrer Schönheit.

CHARLOTTE Das ist alles zu schön gesagt für mich, Monsieur, und ich hab den Grips nicht, Ihnen zu antworten.

DON JUAN Sganarelle, sehen Sie ihre Hände an.

CHARLOTTE Pfui, Monsieur, sie sind schwarz, ich weiß nicht wie.

DON JUAN Ah, was sagen Sie da? Es sind die schönsten Hände der Welt, erlauben Sie, daß ich sie küsse, ich flehe Sie an.

CHARLOTTE Sie tun mir zu große Ehre an, Monsieur. Wenn ich gewußt hätt, hätt ich sie mit Sand gescheuert.

Don Juan Eh, sagen Sie mir doch, schöne Charlotte, Sie sind noch nicht verheiratet?

Charlotte Nein, Monsieur, aber bald, mit Pierrot, das ist der Sohn von der Nachbarin Simonette.

Don Juan Was, ein Geschöpf wie Sie sollte eine einfache Bauernfrau werden? Nein, nein, das hieße, so viel Schönheit profanieren. Sie sind nicht geboren, auf einem Dorf zu bleiben. Sie verdienen ein besseres Los, und der Himmel, der das wohl weiß, hat mich eigens hierher geführt, um diese Heirat zu verhindern und Ihren Reizen Gerechtigkeit widerfahren zu lassen: denn es ist so weit, schöne Charlotte, ich liebe Sie aus ganzem Herzen! Allein bei Ihnen liegt es, ob ich Sie entreiße dieser miserablen Gegend, und Sie in den Stand versetze, den Sie verdienen. Sicher, diese Liebe kommt sehr plötzlich, aber was, das ist die Wirkung, Charlotte, Ihrer großen Schönheit. Man liebt Sie in einer Viertelstunde wie andere in sechs Monaten.

Charlotte Wahrhaftig, Monsieur, ich weiß nicht, was tun, wenn Sie reden. Was Sie sagen, macht mir Laune, und ich würde Ihnen um mein Leben gern glauben. Aber man hat mir immer gesagt, daß man den großen Messieurs nie glauben darf, daß Ihr Hofleute lauter Schönredner seid, die die Mädchen nur verführen wollen.

Don Juan Zu denen gehörc ich nicht.

Sganarelle Bewahre!

Charlotte Sehen Sie, Monsieur, es ist kein Spaß, verführt zu werden. Ich bin eine arme Bäuerin, aber ich habe meine Ehre, und ich möchte lieber tot als entehrt sein.

Don Juan Ich wäre grausam genug, Sie zu verführen? Ich wäre feige genug, ein Wesen wie Sie zu entehren? Nein, nein, dazu habe ich ein zu empfindsames Gewissen. Ich liebe Sie, Charlotte, in Ehren. Und um Ihnen zu zeigen, daß ich Wahres sage, nehmen Sie zur Kenntnis, daß ich keine andre Absicht habe, als Sie zu heiraten. Wollen Sie ein größeres Zeugnis meiner Liebe? Ich bin dazu bereit, wann Sie wollen. Der Mann hier ist Zeuge für mein Versprechen.

SGANARELLE Nein, nein, keine Angst, er wird Sie heiraten, so viel Sie wollen.

DON JUAN Ah, Charlotte, ich sehe wohl, daß Sie mich noch nicht kennen. Sie tun mir großes Unrecht, wenn Sie mich nach den andern beurteilen. Wenn es in der Welt Betrüger gibt, Menschen, die nichts anderes vorhaben als Mädchen zu mißbrauchen, mich müssen Sie aus dieser Zahl ausnehmen und dürfen die Ehrlichkeit meines Gefühls nicht bezweifeln. Und dann: Ihre Schönheit schützt Sie vor allem. Wenn man gebaut ist wie Sie, braucht man da nichts zu fürchten. Sie sehen nicht aus, glauben Sie mir, wie eine Person, die man betrügt. Und ich, ich gestehe es, ich würde mir das Herz durchbohren tausendfach, wenn ich die leiseste Absicht hätte, Sie zu verraten.

CHARLOTTE Mein Gott, ich weiß nicht, ob Sie wahr reden oder nicht, aber Sie machen, daß man Ihnen glaubt.

DON JUAN Wenn Sie mir glauben, werden Sie mir recht tun, gewiß, und ich wiederhole noch einmal das Versprechen, das ich Ihnen gab. Nehmen Sie es nicht an, wollen Sie nicht meine Frau werden?

CHARLOTTE Ja, wenn meine Tante will.

DON JUAN Ihre Hand, Charlotte, da Sie selbst doch willig sind.

CHARLOTTE Aber, Monsieur, betrügen Sie mich nicht, ich bitte Sie, es wäre bösartig von Ihnen und Sie sehen, wie gutgläubig ich bin.

DON JUAN Wie? Sie scheinen noch an meiner Ehrlichkeit zu zweifeln? Soll ich die schrecklichsten Schwüre schwören? Daß der Himmel ...

CHARLOTTE Mein Gott, schwören Sie nicht, ich glaube Ihnen.

DON JUAN Geben Sie mir einen kleinen Kuß als Unterpfand Ihres Versprechens.

CHARLOTTE Oh, Monsieur, warten Sie, bis wir verheiratet sind, bitte, dann werde ich Sie küssen, soviel Sie wollen.

Don Juan Gut, schöne Charlotte, ich will alles tun, was Sie wollen, überlassen Sie mir nur Ihre Hand und dulden Sie, daß ich mit tausend Küssen das Entzücken ausdrücke, das mich …

3

Don Juan, Sganarelle, Pierrot, Charlotte.

Pierrot *stellt sich zwischen beide und schubst Don Juan*: Sachte, Monsieur, nehmen Sie sich zusammen, wenn's recht ist, Sie erhitzen sich so, Sie könnten sich die Lungenentzündung holen.

Don Juan *schlägt Pierrot grob zurück*: Wo kommt der freche Kerl her?

Pierrot Ich sag Ihnen, Sie sollen sich zusammennehmen und unsre Verlobten nicht streicheln.

Don Juan *schiebt ihn weiter*: Ah, was für ein Lärm.

Pierrot Potzdunner, das ist keine Art, die Leute schubsen.

Charlotte *nimmt Pierrot am Arm*: Laß ihn doch, Pierrot.

Pierrot Was, ich soll ihn lassen? Ich will das nicht.

Don Juan Ah.

Pierrot Teufel noch mal, meinen Sie, weil Sie ein Monsieur sind, können Sie unsere Frauen vor unserm Bart abknutschen? Knutschen Sie die eigenen ab.

Don Juan Hö?

Pierrot Hö? *Don Juan ohrfeigt ihn.* Rühren Sie mich nicht an. *Don Juan schlägt.* Bart Gottes! *Don Juan schlägt.* Bauch Gottes. *Don Juan schlägt.* Blut Gottes, das ist nicht recht, die Leute schlagen. Und das ist kein Lohn dafür, daß ich Sie gerettet habe vom Ersäufen.

Charlotte Pierrot, reg dich nicht auf.

Pierrot Ich will mich aufregen. Und du bist eine ganz Schlechte, daß du dich abknutschen läßt.

Charlotte Oh, Pierrot, es ist nicht so, wie du denkst. Dieser Herr will mich heiraten, da darfst du nicht zornig werden.

PIERROT Was, verdammt, du bist doch mit mir verlobt.

CHARLOTTE Das macht doch nichts, Pierrot. Wenn du mich liebst, solltest du dich freuen, daß ich eine Madame werde.

PIERROT Nein, verdammt, ich will dich lieber krepiert sehn als mit einem andern zusammen.

CHARLOTTE Komm, komm, Pierrot, mach dir keine Sorgen. Wenn ich Madame bin, werd ich dir was zu verdienen geben und du wirst deine Butter und deinen Käse uns ins Haus bringen.

PIERROT Bauch Gottes, nichts bring ich, und wenn du mir das Doppelte zahlst. So, also du hörst auf ihn, was er dir sagt? Verdammt, wenn ich das am Nachmittag gewußt hätt, ich hätt mich gehütet, den aus dem Wasser zu ziehn, ich hätt ihm mit dem Ruder eins auf den Schädel gehaun.

DON JUAN *nähert sich Pierrot, um ihn zu schlagen*: Was sagen Sie?

PIERROT *hinter Charlotte*: Verdammt, ich hab Angst vor niemand.

DON JUAN *verfolgt ihn*: Kommen Sie doch näher.

PIERROT Mir kann keiner.

DON JUAN *verfolgt ihn*: Das werden wir sehn.

SGANARELLE Monsieur, lassen Sie doch diesen armen Kerl in Ruhe. Er hat uns doch geholfen. Es ist ein Unding, ihn zu schlagen.

PIERROT Ich werd mit allen fertig.

DON JUAN Eh?

SGANARELLE Hör zu, Kleiner: Zieh dich zurück und sag ihm nichts mehr.

PIERROT *stellt sich vor Don Juan und sagt ihm stolz*: Ich will's ihm aber sagen, ich.

DON JUAN *hebt die Hand gegen Pierrot, der bückt sich, und Sganarelle bekommt die Ohrfeige*: Ich werde Sie lehren.

SGANARELLE *auf Pierrot, der sich bückt, um der Ohrfeige zu entgehen*: Die Pest auf den Lümmel.

DON JUAN Jetzt bist du belohnt für deine Nächstenliebe.

PIERROT *zu Charlotte*: Ich geh und sag alles der Tante.

DON JUAN Endlich. Gleich werde ich der glücklichste der Menschen sein, und ich würde dieses Glück nicht tauschen gegen alles in der Welt. Welche Wonnen, wenn wir Mann und Frau sind, und wie …

4

Don Juan, Sganarelle, Charlotte, Mathurine.

SGANARELLE *sieht Mathurine*: Ah! ah!

MATHURINE *zu Don Juan*: Monsieur, was machen Sie da mit der Charlotte, sprechen Sie ihr auch von Liebe?

DON JUAN Im Gegenteil, sie drückte den Wunsch aus, meine Frau zu werden, und ich entgegnete ihr, daß ich an Sie gebunden bin.

CHARLOTTE Was ist es, was die Mathurine von Ihnen will?

DON JUAN *leise zu Charlotte*: Sie ist eifersüchtig, weil ich mit Ihnen rede, sie möchte, daß ich sie heirate, und ich sagte ihr gerade, daß ich Sie will.

MATHURINE Was, Charlotte …

DON JUAN *leise zu Mathurine*: Alles, was Sie ihr sagen werden, wird umsonst sein, sie hat es sich in den Kopf gesetzt.

CHARLOTTE Was, Mathurine …

DON JUAN *leise zu Charlotte*: Es ist sinnlos, mit ihr zu reden. Sie treiben ihr diese Fantasie nicht aus.

MATHURINE Ist es so, daß …

DON JUAN *leise zu Mathurine*: Nichts wird sie zur Vernunft bringen.

CHARLOTTE Ich möchte …

DON JUAN *leise zu Charlotte*: Sie ist verbohrt wie alle Teufel zusammen.

MATHURINE Wirklich …

DON JUAN *leise zu Mathurine*: Sagen Sie ihr nichts, eine Verrückte!

CHARLOTTE Ich meine …

DON JUAN *leise zu Charlotte*: Lassen Sie sie, sie ist überspannt.

MATHURINE Nein, nein, ich will mit ihr sprechen.

CHARLOTTE Ich will ihre Gründe hören.

MATHURINE Was …

DON JUAN *leise zu Mathurine*: Ich wette, sie wird Ihnen sagen, ich hätte ihr die Heirat versprochen.

CHARLOTTE Ich …

DON JUAN *leise zu Charlotte*: Wetten, sie sagt, sie hat mein Wort, daß ich sie zur Frau nehme.

MATHURINE He, Charlotte, es ist nicht fein, andern die Kundschaft abjagen.

CHARLOTTE Es ist nicht anständig, Mathurine, eifersüchtig zu sein, wenn Monsieur mit mir spricht.

MATHURINE Mich hat Monsieur zuerst gesehen.

CHARLOTTE Wenn er dich als erste gesehen hat, hat er mich als zweite gesehen, und mir hat er die Heirat versprochen.

DON JUAN *leise zu Mathurine*: Nun, was habe ich gesagt?

MATHURINE Küß die Hand, mir, nicht dir hat er die Heirat versprochen.

DON JUAN *leise zu Charlotte*: Hab ich's nicht erraten?

CHARLOTTE Was du redest. Mir, nicht dir, sag ich.

MATHURINE Was du dir ausdenkst. Mir, mir, sag ich.

CHARLOTTE Da ist er, der es dir sagen wird, wenn ich nicht recht habe.

MATHURINE Da ist er, der mir widersprechen wird, wenn ich nicht die Wahrheit sage.

CHARLOTTE Monsieur, haben Sie ihr die Heirat versprochen?

DON JUAN *leise zu Charlotte*: Machen Sie sich über mich lustig?

MATHURINE Haben Sie ihr versprochen, ihr Mann zu werden, Monsieur?

DON JUAN *leise zu Mathurine*: Wie können Sie so etwas denken?

CHARLOTTE Sie hören, daß sie es behauptet.

DON JUAN *leise zu Charlotte*: Lassen Sie sie schwatzen.

MATHURINE Sie sind Zeuge, wie sie es versichert.

DON JUAN *leise zu Mathurine*: Lassen Sie sie reden.

CHARLOTTE Nein, nein, ich will die Wahrheit hören.

MATHURINE In der Sache muß ein Urteil gefällt werden.

CHARLOTTE Ja, Mathurine, Monsieur soll dir zeigen, wie grün dein Schnabel ist.

MATHURINE Ja, Charlotte, Monsieur soll dir deine Nase plätten.

CHARLOTTE Monsieur, bitte schlichten Sie den Streit.

MATHURINE Bringen Sie uns unter einen Hut, Monsieur.

CHARLOTTE *zu Mathurine*: Du wirst sehen.

MATHURINE *zu Charlotte*: Du wirst selber sehen.

CHARLOTTE *zu Don Juan*: Sprechen Sie.

MATHURINE *zu Don Juan*: Reden Sie.

DON JUAN *verlegen, zu beiden*: Was soll ich Ihnen sagen? Sie behaupten beide zugleich, daß ich Ihnen versprochen habe, Sie zur Frau zu nehmen. Weiß nicht jede von Ihnen, wie es sich wirklich verhält, ohne daß ich mich weiter erklären muß? Warum mich zwingen, in dieser Sache mich zu wiederholen? Hat nicht die, der ich tatsächlich das Versprechen gab, es in sich, über die Reden der andern zu lachen. Was für Sorgen hat sie noch, wenn ich nur mein Versprechen halte? Reden bringen die Dinge nicht voran, besser man tut und sagt nichts, Taten entscheiden mehr als Worte. Und ebenso will ich Sie aussöhnen, meine Damen, und man wird sehen, wenn ich heirate, welche von beiden mein Herz hat. *Leise zu Mathurine*: Lassen Sie sie denken, was sie will. *Leise zu Charlotte*: Lassen Sie ihr ihre Einbildung. *Leise zu Mathurine*: Ich bete Sie an. *Leise zu Charlotte*: Ich bin ganz der Ihre. *Leise zu Mathurine*: Alle Gesichter sind häßlich neben Ihrem. *Leise zu Charlotte*: Man kann keine andere mehr ansehn, wenn man Sie gesehen hat. Ich habe eine kleine Order zu erteilen, ich sehe Sie wieder in einer Viertelstunde.

CHARLOTTE *zu Mathurine*: Mich liebt er.

MATHURINE Mich nimmt er.

SGANARELLE Ach, arme Mädchen ihr! Eure Einfalt tut mir leid. Ich ertrage es nicht, euch nach eurem Unglück rennen zu sehen. Glaubt mir beide, fallt nicht auf die Märchen herein, die man euch vormacht, und bleibt in eurem Dorf.

DON JUAN *kommt zurück*: Ich möchte wissen, warum Sganarelle nicht nachkommt.

SGANARELLE *zu den Mädchen*: Mein Herr ist ein Betrüger, er hat nichts anderes vor, als euch zu verführen, er hat ganz andere verführt, er ist der Heirater des Menschengeschlechts ... *Er sieht Don Juan.* Das ist ganz falsch, und wer Ihnen das sagt, dem müssen Sie sagen, er lügt. Mein Herr ist nicht der Heirater des Menschengeschlechts, er ist kein Betrüger, er will Sie nicht hereinlegen, er hat keine andere verführt. Da, hier ist er selbst, fragen Sie ihn.

DON JUAN Ja.

SGANARELLE Monsieur, da die Welt voll böser Zungen ist, habe ich vorgebeugt, und ich sagte zu den Mädchen, daß, wenn einer kommt und sagt Schlechtes über Sie, sie dem nicht glauben und nicht versäumen sollen, ihm zu sagen, daß er gelogen hat.

DON JUAN Sganarelle.

SGANARELLE Ja, mein Herr ist ein Ehrenmann, ich verbürge mich dafür.

DON JUAN Hm!

SGANARELLE Diese Leute sind Unflat.

5

Don Juan, La Ramie, Charlotte, Mathurine, Sganarelle.

LA RAMIE Monsieur, ich komme, Sie zu warnen, daß es für Sie hier ungemütlich wird!

DON JUAN Wie?

LA RAMIE Zwölf Berittene suchen Sie, die hier in kurzer Zeit sein dürften, ich weiß nicht, wie sie Ihnen auf die Spur gekommen sind, aber ich habe die Nachricht von einem Bauern, den haben sie verhört und ihm Ihre

Person beschrieben. Die Sache drängt, und je schneller Sie von hier wegkommen, um so besser.

DON JUAN *zu Charlotte und Mathurine*: Ein dringendes Geschäft zwingt mich, Abschied zu nehmen. Aber ich bitte Sie, erinnern Sie sich an das Versprechen, das ich Ihnen gab, glauben Sie, daß ich Ihnen Nachricht senden werde, bevor es morgen Abend wird. Da die Kräfte zu ungleich sind, müssen wir eine List anwenden, um dem Unglück geschickt zu entgehen, das mir droht. Sganarelle soll meine Kleider anziehen, und ich ...

SGANARELLE Monsieur, soll ich in Ihren Kleidern sterben?

DON JUAN Schnell, viel zu viel Ehre erweise ich dir, glücklich der Knecht, der sich rühmen kann, für seinen Herrn zu sterben.

SGANARELLE Ich bedanke mich für die Ehre. O Himmel, da es um Tod geht, erweis mir die Gnade und gib, daß ich nicht gehalten werde für einen andern.

III

1

Don Juan (im Reisekostüm), Sganarelle (als Arzt).

SGANARELLE Monsieur, gestehen Sie, daß ich recht behalten habe, und daß wir beide wunderbar verkleidet sind? Ihr Entwurf war ganz und gar nicht tauglich, und das hier versteckt uns viel besser als alles, was Sie da vorhatten.

DON JUAN Wirklich, du siehst gut aus, und ich möchte wissen, wo du diesen lächerlichen Plunder ausgegraben hast.

SGANARELLE Ja, es ist die Kleidung eines alten Arztes, die als Pfand gelassen wurde, wo ich sie fand; und es hat mich teures Geld gekostet, sie zu kriegen. Aber wissen Sie, Monsieur, daß diese Kleidung mir schon Ansehen gibt, daß ich von den Leuten gegrüßt werde, die mir begegnen, und daß man kommt, mich zu konsultieren als einen gelehrten Menschen?

DON JUAN Was du nicht sagst.

SGANARELLE Fünf oder sechs Bauern und Bäuerinnen, als sie mich vorbeigehen sahen, wollten meine Meinung hören über verschiedene Krankheiten.

DON JUAN Du hast geantwortet, daß du nichts davon verstehst?

SGANARELLE Ich? Keineswegs, ich wollte meiner Kleidung Ehre machen, ich habe räsoniert über das Übel und jedem was verordnet.

DON JUAN Ja, und was für Arzneien hast du ihnen verordnet?

SGANARELLE Nun, Monsieur, ich hab es gepackt, wie es mir kam. Ich habe aufs Geratewohl verordnet, und das wäre ein Ulk, würden die Kranken genesen und statteten mir ihren Dank ab.

DON JUAN Warum nicht. Warum sollst du nicht dieselben Privilegien haben wie andere Ärzte, sie haben nicht mehr Anteil an der Heilung ihrer Kunden, und ihre ganze Kunst ist Grimasse. Sie tun nichts, als Ruhm aus glücklichen Umständen ziehn, und du kannst wie sie vom Glück der Kranken profitieren und deinen Arzneien verdankt sehn, was der Zufall und die Naturkräfte konnten.

SGANARELLE Was, Monsieur, Sie sind auch in der Medizin ein Heide?

DON JUAN Sie ist einer der größten Irrtümer der Menschheit.

SGANARELLE Was, Sie glauben weder an Sennesblätter noch an Cassia, noch an Weinstein?

DON JUAN Und warum soll ich daran glauben?

SGANARELLE Sie haben eine sehr gottlose Seele. Und doch sehen Sie, wie lange schon der Brechwein Furore macht. Seine Wunder haben die ungläubigsten Geister bekehrt. Es ist nicht drei Wochen her, daß ich gesehen habe, ich, der mit Ihnen redet, wie er Wunder wirkt.

DON JUAN Wie?

SGANARELLE Da war ein Mann, der seit sechs Tagen im Sterben lag. Man wußte nicht mehr, was ihm verordnen. Keine Arznei wirkte mehr. Da gab man ihm Brechwein.

DON JUAN Er überstand es, wie?

SGANARELLE Nein, er starb.

DON JUAN Eine großartige Wirkung.

SGANARELLE Wieso. Sechs Tage konnte er nicht sterben, das ließ ihn sterben auf der Stelle. Kennen Sie etwas Wirksameres?

DON JUAN Du hast recht.

SGANARELLE Aber lassen wir die Medizin, Sie glauben nicht daran, und sprechen wir von etwas anderem. Dieses Kleid gibt mir Geist, und ich bin in der Laune, mit Ihnen zu streiten. Sie erlauben mir ja Diskussionen, Sie verbieten nur Ermahnungen. Ich möchte Ihre Gedanken bis auf den Grund kennen. Ist es möglich, daß Sie überhaupt nicht an den Himmel glauben?

DON JUAN Lassen wir das.

SGANARELLE Das heißt also nein. An die Hölle?

DON JUAN Eh.

SGANARELLE Auch nicht. Und an den Teufel, bitte sehr?

DON JUAN Ja, ja.

SGANARELLE Also ebensowenig. Glauben Sie denn nicht an das andere Leben?

DON JUAN Ah ah ah.

SGANARELLE Den Mann werde ich Mühe haben zu bekehren. Sagen Sie mir – der schwarze Mann, was halten Sie von dem?

DON JUAN Eh, die Pest auf den Hohlkopf.

SGANARELLE Und das ist, was ich nicht leiden kann, denn es gibt nichts Wirklicheres als den schwarzen Mann, und ich würde mich hängen lassen für ihn. Aber man muß doch an irgend etwas glauben auf der Welt. Was glauben Sie denn?

DON JUAN Was ich glaube?

SGANARELLE Ja.

DON JUAN Ich glaube, zwei und zwei sind vier, Sganarelle, und vier und vier sind acht.

SGANARELLE Ein schöner Glaube. Und schöne Glaubensartikel sind das. Ihre Religion, sehe ich, ist also die Arithmetik? Man muß gestehen, seltsame Verrücktheiten lassen sich nieder in den Köpfen der Menschen, und man ist meist viel weniger weise nach einem guten Studium. Was mich betrifft, Monsieur, ich habe nicht studiert wie Sie, Gott sei Dank, und niemand könnte sich rühmen, mich je irgend etwas gelehrt zu haben, aber mit meinem kleinen Grips, mit meinem kleinen Urteil sehe ich die Dinge viel besser als alle Bücher, und ich verstehe sehr wohl, daß diese Welt, die wir sehen, kein Pilz ist, der von allein über Nacht gekommen ist. Ich möchte Sie gern fragen, wer diese Bäume hier gemacht hat, diese Felsen, diesen Boden und diesen Himmel, der da oben ist, und ob dies alles sich selbst gebaut hat. Da sind Sie. Sie, zum Beispiel, Sie sind da. Haben Sie sich selbst gemacht und mußte nicht Ihr Vater Ihre Mutter schwängern, um Sie herzustellen? Können Sie all die Erfindungen, aus denen die menschliche

Maschine sich zusammensetzt, ansehen, ohne zu bewundern, wie das eine in das andere greift? Diese Nerven, diese Knochen, diese Venen, diese Arterien, diese Lunge, dieses Herz, diese Leber und all die anderen Ingredienzien, die da sind und die – oh verflucht. Unterbrechen Sie mich doch gefälligst. Ich kann nicht streiten, wenn man mich nicht unterbricht. Sie schweigen mit Mutwillen und lassen mich reden aus lauter Bosheit.

DON JUAN Ich warte auf das Ende deiner Beweisführung.

SGANARELLE Meine Beweisführung ist, daß es etwas Wunderbares gibt im Menschen, was immer Sie sagen mögen, das alle Gelehrten nicht erklären könnten. Ist es nicht wunderbar, daß ich hier bin? Und daß ich etwas im Kopf habe, das 100 verschiedene Dinge in einem Augenblick denkt und mit meinem Körper macht, was mein Kopf will. Ich will in die Hände klatschen, den Arm heben, die Augen zum Himmel aufschlagen, den Kopf senken, die Füße bewegen, nach rechts gehen, nach links, vorwärts, rückwärts, mich drehen. *Dreht, bis er fällt.*

DON JUAN Bon. Jetzt hat deine Beweisführung eine gebrochene Nase.

SGANARELLE Verdammt, ich bin schön dumm, mich auf einen Streit mit Ihnen einzulassen. Glauben Sie, was Sie wollen, was kümmert es mich, wenn Sie verdammt werden.

DON JUAN Aber über dem Streit, glaube ich, haben wir uns verlaufen. Ruf doch diesen Mann dort und frag ihn nach dem Weg.

2

Don Juan, Sganarelle, Francisque.

SGANARELLE Sagen Sie uns den Weg zur Stadt.

FRANCISQUE Sie brauchen nur diese Richtung zu gehen, meine Herren, am Waldrand dann zur Rechten. Aber ich rate Ihnen, auf der Hut zu sein, seit einiger Zeit wüten Räuber in dieser Gegend.

DON JUAN Ich bin dir sehr verbunden, mein Freund, und ich bedanke mich sehr herzlich.

FRANCISQUE Wenn Sie mir helfen wollten, Monsieur, mit einer kleinen Gabe.

DON JUAN Ah, ah. Mit deinem Hinweis verbindest du ein Interesse, sehe ich.

FRANCISQUE Ich bin ein armer Mensch, Monsieur, einsam in diesem abgeschiedenen Wäldchen seit zehn Jahren, und ich werde nicht versäumen, zum Himmel zu beten, daß er Ihnen schenkt all seine Güter.

DON JUAN Eh – bete zum Himmel, daß er dir einen Rock gibt, und kümmere dich nicht um die Geschäfte anderer.

SGANARELLE Sie, guter Mann, Sie kennen meinen Herrn nicht. Er glaubt nur an zwei und zwei sind vier und an vier und vier sind acht.

DON JUAN Was ist deine Beschäftigung inmitten dieser Bäume?

FRANCISQUE Zum Himmel beten um Wohlstand den ganzen Tag für die guten Menschen, die mir etwas geben.

DON JUAN Ich verstehe. Du bist also sehr wohlhabend.

FRANCISQUE Ach, Monsieur, ich lebe im größten Elend der Welt.

DON JUAN Du scherzest. Ein Mensch, der den ganzen Tag zum Himmel betet, muß in glänzender Geschäftslage sein.

FRANCISQUE Ich versichere Sie, Monsieur, daß ich meist kaum ein Stück Brot zwischen den Zähnen habe.

DON JUAN Das ist seltsam, und deine Bemühungen werden sehr schlecht honoriert. Ich werde dir einen Louisdor geben, wenn du nur den Himmel lästern willst.

FRANCISQUE Ah, Monsieur, Sie könnten wollen, daß ich eine solche Sünde begehe?

DON JUAN Du mußt nur wissen, ob du einen Louisdor verdienen willst oder nicht. Hier ist einer, den ich dir gebe, wenn du lästerst. Hier. Aber du mußt lästern.

FRANCISQUE Monsieur.

DON JUAN Wenn du es nicht tust, kriegst du ihn nicht.

SGANARELLE Geh, geh, lästre ein wenig, es ist nicht so schlimm.

DON JUAN Nimm, da, nimm, sag ich, nun lästre schon.

FRANCISQUE Nein, Monsieur, ich will lieber verhungern.

DON JUAN Komm, komm, ich geb ihn dir im Namen des Menschengeschlechts. *Sieht in den Wald*: Aber was seh ich da? Ein Mann, von dreien überfallen. Die Partie ist zu ungleich, und ich darf diese Feigheit nicht dulden. *Stürzt zum Ort des Kampfes.*

3

Don Juan, Don Carlos, Sganarelle.

SGANARELLE Mein Herr ist ein wahrer Teufel; sich der Gefahr auszusetzen, wenn sie ihn nicht sucht. Aber wahrhaftig, der Himmel hat geholfen, und die beiden haben die drei in die Flucht geschlagen.

DON CARLOS *mit gezogenem Schwert*: Man sieht an der Flucht dieser Räuber, was Ihr hilfreicher Arm wert ist. Erlauben Sie, mein Herr, daß ich Ihnen für Ihren so großzügigen Beistand danke, und daß ...

DON JUAN *kommt zurück mit gezogenem Schwert*: Ich habe nichts getan, Monsieur, was nicht an meiner Stelle Sie auch getan hätten. Die eigene Ehre ist in solchen Affären selbst im Spiel und die Handlungsweise dieser Schufte war so feige, daß man an ihr teilhätte, träte man ihr nicht entgegen. Aber durch welchen Umstand sind Sie ihnen in die Hände gefallen?

DON CARLOS Ich hatte mich zufällig von meinem Bruder und unserm Gefolge entfernt; und als ich versuchte, sie wiederzufinden, begegnete ich diesen Räubern, die zuerst mein Pferd töteten und ohne Ihren Mut das gleiche mit mir getan hätten.

DON JUAN Ist es Ihre Absicht, zur Stadt zu gehen?

DON CARLOS Ja, aber wir sehen uns gezwungen, mein Bruder und ich, im Feld zu bleiben wegen einer dieser lästigen Affären, die uns Edelleute zwingen, uns und unsere Familien der Strenge unserer Ehre zu opfern, wobei der günstige Ausgang noch verderblich ist, denn verläßt man nicht das Leben, muß man das Reich verlassen. Darin ist der Stand des Edelmanns unglücklich; all seine Vorsicht, all der Anstand seines Verhaltens sichern ihn nicht davor, durch die Gesetze der Ehre an die Ausschreitungen andrer gekettet zu sein. Sein Leben, seine Ruhe und sein Hab und Gut hängen von der Laune des ersten besten Hitzkopfes ab, dem es einfällt, ihm eine dieser Injurien zuzufügen, für die ein Ehrenmann zu sterben hat.

DON JUAN Wir haben diesen Vorteil, daß wir die andern in die gleiche Verlegenheit bringen und das Leben schwer machen denen, die aus bloßem Übermut uns an die Ehre gehn. Aber wäre es indiskret, Sie zu fragen nach Ihrer Affäre?

DON CARLOS Die Sache ist so weit gediehen, daß man sie nicht mehr geheimzuhalten braucht. Und wenn der Schimpf einmal öffentlich ist, geht unsere Ehre nicht mehr darauf, unsere Schmach zu verbergen, sondern auf eine glänzende Rache, und man verkündet offen seine Absicht. Darum, Monsieur, sage ich Ihnen unumwunden, daß die Beleidigung, die wir zu rächen trachten, die einer verführten und aus dem Kloster geraubten Schwester ist und der Beleidiger ein gewisser Don Juan Tenorio, Sohn des Don Luis Tenorio. Wir suchen ihn seit einigen Tagen und sind ihm heute morgen nachgespürt auf die Aussage eines Knechts hin, die besagte, er sei mit vier, fünf Mann ausgeritten und entlang dieser Küste. Aber all unsere Bemühungen sind unnütz gewesen, und wir konnten nicht ausmachen, was aus ihm geworden ist.

DON JUAN Kennen Sie, Monsieur, diesen Don Juan, von dem Sie reden?

DON CARLOS Nein, ich habe ihn nie gesehen. Ich kenne ihn nur aus der Beschreibung meines Bruders. Aber sein Ruf sagt wenig Gutes von ihm, und er ist ein Mensch, dessen Lebenswandel ...

DON JUAN Halten Sie ein, Monsieur, bitte. Er ist einer

von meinen Freunden, und es wäre von mir eine Art Feigheit, Schlechtes über ihn anzuhören.

DON CARLOS Ihnen zuliebe, Monsieur, sag ich nichts mehr über ihn, und es ist das mindeste, was ich Ihnen schulde, nachdem Sie mein Leben retteten, daß ich vor Ihnen schweige über einen Menschen, den Sie kennen, wenn ich nichts über ihn sagen kann außer Schlechtes. Aber wie sehr Sie ihm auch Freund sind, ich wage zu hoffen, daß Sie seine Handlung nicht billigen und es nicht seltsam finden, daß wir Rache suchen dafür.

DON JUAN Im Gegenteil, ich werde Ihnen in der Sache einen Dienst erweisen und Ihnen unnötige Mühen ersparen. Ich bin Don Juans Freund, ich kann nicht anders. Aber es ist gegen die Vernunft, daß er Edelleuten an die Ehre geht, ungestraft. Und ich verpflichte mich, ihn zu bewegen, daß er Ihnen Ihr Recht verschafft.

DON CARLOS Und welches Recht kann solche Beleidigungen abgelten?

DON JUAN Jedes, das Ihre Ehre wünscht, und bemühen Sie sich nicht weiter, Don Juan aufzuspüren, ich verpflichte mich, er wird sein an dem Ort, den Sie wollen, wann Sie wollen.

DON CARLOS Diese Hoffnung ist sehr süß, Monsieur, für beleidigte Herzen; aber, bei allem, was ich Ihnen schulde, wäre es mir ein empfindlicher Schmerz, wenn Sie von seiner Partie wären.

DON JUAN Ich bin Don Juan so verbunden, daß er sich nicht duellieren wird, wenn ich mich nicht duelliere. Also, Monsieur, ich stehe für ihn wie für mich selbst. Sagen Sie mir, wann Sie wünschen, daß er erscheine und Ihnen Satisfaktion gibt.

DON CARLOS Wie grausam ist mein Geschick! Muß ich Ihnen das Leben verdanken, muß Don Juan von Ihren Freunden einer sein.

4

Don Alonso, drei Mann seines Gefolges, Don Carlos, Don Juan, Sganarelle.

DON ALONSO Gebt meinen Pferden hier zu trinken und führt sie nach. Ich will ein wenig zu Fuß gehen. O Himmel! Was sehe ich hier. Was! Mein Bruder. Sie hier mit unserm Todfeind?

DON CARLOS Unser Todfeind?

DON JUAN *geht drei Schritte zurück, greift stolz zum Degen*: Ja, ich selbst bin Don Juan, und eure Überzahl soll mich nicht dazu bewegen, daß ich meinen Namen zu verbergen suche.

DON ALONSO Ah, Verräter, du sollst sterben.

Sganarelle rennt weg und versteckt sich.

DON CARLOS Ah, mein Bruder, halten Sie ein! Ich schulde ihm mein Leben, und ohne die Hilfe seines Armes hätten Räuber mich getötet, denen ich begegnet bin.

DON ALONSO Und willst du, daß eine Überlegung dieser Art unsere Rache hindert? Kein Dienst, den eine feindliche Hand uns erweist, hat soviel Wert, unsere Seele zu verpflichten, und wenn man hier die Dankesschuld an der Beleidigung messen will, Ihre Dankbarkeit, mein Bruder, ist hier lächerlich; und da die Ehre unendlich viel mehr Wert hat als das Leben, schulden wir eindeutig nichts, wenn wir dem unser Leben schulden, der uns der Ehre beraubt hat.

DON CARLOS Ich weiß den Unterschied, mein Bruder, den ein Edelmann zwischen dem einen und dem anderen immer machen muß. Die Anerkennung der Dankesschuld löscht in mir nicht den Groll über die Injurie; aber erlauben Sie, daß ich ihm hier zurückerstatte, was er mir geliehen hat, daß ich bezahle das Leben, das ich ihm schulde, durch eine Vertagung unsrer Rache und ihm die Freiheit lasse, zu genießen für einige Tage die Frucht seiner Wohltat.

DON ALONSO Nein, nein, das hieße unsere Rache aufs Spiel setzen, und die Gelegenheit kehrt nicht zurück. Der Himmel bietet sie uns hier, es ist an uns, sie zu nutzen. Wenn die Ehre tödlich verletzt ist, darf man nicht maßvoll denken. Und wenn es Ihnen widerstrebt, Ihren Arm dieser Handlung zu leihen, ziehen Sie sich zurück und überlassen Sie meiner Hand den Ruhm eines solchen Opfers.

DON CARLOS Bruder, ich flehe Sie an ...

DON ALONSO Jede Rede ist überflüssig, er muß sterben.

DON CARLOS Halt, sag ich, mein Bruder! Ich dulde ganz und gar nicht, daß man ihm an das Leben geht. Ich schwöre dem Himmel, daß ich ihn hier verteidigen werde gegen wen auch immer, und ich werde ihm aus diesem Leben, das er gerettet hat, einen Wall zu machen wissen. Um ihn zu treffen, werden Sie mich durchbohren müssen.

DON ALONSO Was, Sie ergreifen für unseren Feind gegen mich Partei, und weit davon entfernt, bei seinem Anblick von der Hitze hingerissen zu werden, die ich empfinde, zeigen Sie für ihn zarte Gefühle.

DON CARLOS Mein Bruder, zeigen wir Mäßigung in so rechtmäßigem Handel, rächen wir nicht unsere Ehre mit der Wildheit, die Sie an den Tag gelegt haben, zeigen wir ein Herz, dessen wir Herr sind, einen Mut, der nicht roh ist und der zur Tat drängt aus einer reinen Überlegung unserer Vernunft, nicht bewegt durch blinden Zorn. Ich will nicht, mein Bruder, meinem Feind etwas schuldig bleiben, und ich habe ihm gegenüber eine Schuld, die ich zuerst begleichen muß. Unsere Rache, wenn wir sie verschieben, wird nicht minder glorreich sein. Im Gegenteil, sie wird Vorteile daraus ziehen: Diese ungenutzte Gelegenheit wird sie gerechter scheinen lassen vor den Augen aller.

DON ALONSO Oh, seltsame Schwäche, und erschreckende Verblendung, die Interessen seiner Ehre so aufs Spiel zu setzen für die lächerliche Einbildung einer chimärischen Dankesschuld!

DON CARLOS Nein, mein Bruder, seien Sie unbesorgt. Wenn ich einen Fehler mache, werde ich ihn wieder gutzumachen wissen. Ich nehme auf mich die ganze

Pflege unserer Ehre. Ich weiß, wozu sie uns verpflichtet, und diese Frist eines Tages, die meine Dankbarkeit von ihr erbittet, wird meinen Eifer nur vermehren, ihr genug zu tun. Don Juan, Sie sehen, daß ich mich gewissenhaft bemühe, Ihnen das Gut wiederzugeben, das ich von Ihnen bekam, und schließen Sie daraus, daß ich mit gleicher Hitze und Pünktlichkeit die Beleidigung zurückzahlen werde wie die Wohltat. Ich will Sie nicht zwingen, hier sich uns zu erklären, und gebe Ihnen die Freiheit, in Muße die Entscheidungen zu überlegen, die Sie treffen müssen. Sie kennen die Größe der Beleidigung, die Sie uns zugefügt haben, und ich lasse Sie ermessen, welche Genugtuung sie verlangt. Es gibt sanfte Mittel der Satisfaktion, es gibt gewaltsame und blutige. Was immer Sie wählen werden, Sie haben Ihr Wort gegeben, mir durch Don Juan mein Recht zu schaffen. Sehen Sie zu, es mir zu schaffen, ich bitte Sie, und erinnern Sie sich, daß ich, weg von hier, nur mehr meiner Ehre verpflichtet bin.

DON JUAN Ich habe von Ihnen nichts verlangt, und ich werde halten, was ich versprach.

DON CARLOS Gehen wir, mein Bruder, ein Augenblick der Milde tut der Strenge unserer Pflichten keinen Abbruch.

5

Don Juan, Sganarelle.

DON JUAN Holla, ho, Sganarelle?

SGANARELLE Wie bitte?

DON JUAN Was, Schurke, du flüchtest, wenn man mich angreift?

SGANARELLE Verzeihen Sie mir, Monsieur, ich war nur in den Büschen. Ich glaube, dieses Kleid ist abführend – es anziehn ist so gut wie Arznei nehmen.

DON JUAN Die Pest auf deine Unverschämtheit, decke deine Feigheit wenigstens mit einem anständigeren Schleier. Weißt du, wem ich das Leben rettete?

Sganarelle nickt.

Ein Bruder von Elvira.

Sganarelle nickt.

Er ist ziemlich wohlerzogen, er hat sich anständig benommen, und es tut mir leid, einen Streit mit ihm zu haben.

SGANARELLE Es wäre ein Leichtes für Sie, alles friedlich zu lösen.

DON JUAN Ja, aber meine Leidenschaft für Elvira ist abgenutzt, und die Bindung verträgt sich nicht mit meinem Temperament. Ich mag Freiheit in der Liebe, du weißt es, und ich kann mich nicht entschließen, mein Herz zwischen vier Wände einzuschließen. Ich habe es dir zwanzigmal gesagt, ich habe einen natürlichen Hang, allem, was mich anzieht, nachzugeben. Mein Herz gehört allen Schönen, und an ihnen ist es, es der Reihe nach zu nehmen und es zu halten, jede, so lange sie kann. Aber was für ein prächtiges Bauwerk dort zwischen den Bäumen?

SGANARELLE Sie wissen es nicht?

DON JUAN Nein, wirklich nicht.

SGANARELLE Na, es ist das Grabmal, das der Komtur sich bauen ließ, als Sie ihn töteten.

DON JUAN Ha, du hast recht, ich wußte nicht, daß es hier steht. Alle Welt berichtet Wunder von diesem Bauwerk wie auch von der Statue des Komturs, und ich habe Lust, es mir anzusehen.

SGANARELLE Monsieur, gehen Sie nicht hin.

DON JUAN Warum nicht?

SGANARELLE Es ist nicht höflich, einen Mann zu besuchen, den man getötet hat.

DON JUAN Im Gegenteil, es ist ein Besuch, den ich ihm schulde, und den er freundlich empfangen wird, wenn er ein Mann von Welt ist. Los, treten wir ein.

Das Grabmal öffnet sich, man sieht ein wunderschönes Mausoleum und die Statue des Komturs.

SGANARELLE Ah, ist das schön! Die schönen Statuen! Der schöne Marmor! Die schönen Säulen! Ah, ist das schön. Was sagen Sie dazu, gnädiger Herr?

DON JUAN Daß ein toter Mann den Ehrgeiz nicht weiter treiben kann. Was ich bewundernswert finde: Ein Mann, der sein Leben lang mit einer ziemlich einfachen Behausung sich begnügte, begehrt eine so prächtige für die Zeit, wo er damit nichts mehr anfangen kann.

SGANARELLE Hier ist die Statue des Komturs!

DON JUAN Mein Gott, er sieht gelungen aus als römischer Imperator!

SGANARELLE Monsieur, das ist saubere Arbeit. Als ob er lebt und gleich reden will. Er wirft uns Blicke zu, die mich schaudern machten, wenn ich allein wäre. Ich glaube nicht, daß er erfreut ist, uns zu sehen.

DON JUAN Das wäre ungerecht von ihm. Das hieße die Ehre, die ich ihm erweise, schlecht aufnehmen. Frag ihn, ob er mit mir soupieren will.

SGANARELLE Es ist etwas, was er nicht braucht, glaube ich.

DON JUAN Frage ihn, sag ich.

SGANARELLE Scherzen Sie? Das wäre Verrücktheit, einen Stein anzusprechen.

DON JUAN Tu, was ich dir sage.

SGANARELLE Welch ein Einfall! Herr Komtur, ich lache über meine Torheit, aber mein Herr heißt mich, sie treiben. Herr Komtur, mein Herr Don Juan läßt Sie fragen, ob Sie ihm die Ehre erweisen wollen, mit ihm zu Abend zu speisen.

Die Statue nickt.

Ah!

DON JUAN Was ist? Was hast du? Sag doch. Willst du reden?

SGANARELLE *ahmt das Kopfnicken der Statue nach*: Die Bildsäule ...

DON JUAN Nun? Was willst du sagen, Verräter?

SGANARELLE Ich sage, daß die Bildsäule ...

DON JUAN Nun was, die Bildsäule? Sprich, oder ich erschlage dich.

SGANARELLE Die Bildsäule hat mir zugenickt.

DON JUAN Hol dich die Pest, Schurke.

SGANARELLE Sie hat mir zugenickt, sage ich, es gibt nichts

Wahreres. Gehen Sie! Sprechen Sie selbst zu ihm, probieren Sie's.

DON JUAN Komm, Lump, komm. Ich will dich mit der Nase auf deine Feigheit stoßen, paß auf. Würde der Herr Komtur mir die Ehre erweisen, mit mir zu soupieren?

Die Statue nickt.

SGANARELLE Nun, Monsieur?

DON JUAN Komm, gehen wir.

SGANARELLE Da haben wir was für unsere starken Geister, die an nichts glauben wollen.

IV

1

Don Juan, Sganarelle.

DON JUAN Wie dem auch sei, lassen wir das. Es ist nicht von Belang. Es kann uns ein Zwielicht getäuscht haben, oder eine Wallung des Bluts hat uns den Blick getrübt.

SGANARELLE Nein, nein, Monsieur, suchen Sie nicht zu leugnen, was wir mit diesen Augen hier gesehen haben, nichts ist wirklicher als dieses Nicken, und ich zweifle nicht, daß der Himmel, empört von Ihrem Lebenswandel, dieses Wunder bewirkt hat, um Sie zu überzeugen und Sie aus dem Sumpf...

DON JUAN Hör zu: Wenn du mich mit deinen dummen Predigten nicht verschonst, wenn du mir noch das kleinste Wort darüber sagst, lasse ich jemanden rufen, verlange einen Ochsenziemer, lasse dich von drei, vier Mann halten, und du wirst durchgeprügelt, verstehst du mich gut?

SGANARELLE Sehr gut, Monsieur, ausgezeichnet, Sie drükken sich klar aus; das ist das Gute bei Ihnen, daß Sie keine Umschweife machen; Sie sagen die Dinge mit bewundernswerter Schärfe.

DON JUAN Ja, man lasse mich soupieren. Einen Stuhl, Knabe.

2

Don Juan, La Violette, Sganarelle.

LA VIOLETTE Monsieur, Ihr Lieferant, Herr Dimanche, ist da, der Sie zu sprechen wünscht.

SGANARELLE So. Das können wir gebrauchen. Die Serenade eines Gläubigers. Was fällt ihm ein, Geld von uns zu verlangen? Und warum sagtest du ihm nicht, daß Monsieur nicht hier ist?

LA VIOLETTE Ich sage es ihm seit drei Viertelstunden, er

will es nicht glauben. Er hat sich da hingesetzt und wartet.

SGANARELLE Soll er warten, so lang er will.

DON JUAN Nein, im Gegenteil, führen Sie ihn herein; es ist eine schlechte Politik, sich vor Gläubigern verleugnen zu lassen. Man tut gut, ihnen etwas zu geben, und ich kenne das Geheimnis, sie befriedigt zu verabschieden ohne einen Sou.

3

Don Juan, Herr Dimanche, Sganarelle, Gefolge.

DON JUAN Ah, Monsieur Dimanche, kommen Sie näher. Wie ich entzückt bin, Sie zu sehen, und wie ich meinen Leuten böse bin, daß sie Sie nicht sofort hereingeführt haben. Ich hatte Order gegeben, daß ich für niemand zu sprechen sei; aber diese Order gilt nicht für Sie, und Sie haben ein Recht, bei mir nie eine Tür geschlossen zu finden.

HERR DIMANCHE Monsieur, ich bin Ihnen sehr verbunden.

DON JUAN *zu seinen Dienern*: Bei Gott. Pack! Ich werde euch lehren, Monsieur Dimanche antichambrieren zu lassen.

HERR DIMANCHE Monsieur, es ist nichts.

DON JUAN Wie? Mich Ihnen zu verleugnen? Ihnen, Monsieur Dimanche, dem besten meiner Freunde.

HERR DIMANCHE Monsieur, ich bin Ihr Diener. Ich kam –

DON JUAN Los, schnell, einen Sitz für Monsieur Dimanche.

HERR DIMANCHE Monsieur, ich fühle mich wohl, wie ich bin.

DON JUAN Keineswegs, keineswegs, ich will, daß Sie mir gegenüber sitzen.

HERR DIMANCHE Es ist nicht nötig.

DON JUAN Weg mit dem Schemel und bringt einen Sessel.

HERR DIMANCHE Monsieur, Sie scherzen und –

DON JUAN Nein, nein, ich weiß, was ich Ihnen schulde. Ich will zwischen uns keinen Unterschied.

HERR DIMANCHE Monsieur –
DON JUAN Kommen Sie, setzen Sie sich.
HERR DIMANCHE Es ist nicht nötig, Monsieur, und ich habe Ihnen nur ein Wort zu sagen, ich war –
DON JUAN Setzen Sie sich hin, sage ich.
HERR DIMANCHE Nein, Monsieur, ich fühle mich wohl, ich komme, um –
DON JUAN Nein, ich höre Ihnen nicht zu, wenn Sie nicht sitzen.
HERR DIMANCHE Monsieur, ich mache, was Sie wollen, ich –
DON JUAN Bei Gott, Monsieur Dimanche, Ihnen geht es gut.
HERR DIMANCHE Ja, Monsieur, zu Ihren Diensten. Ich kam...
DON JUAN Ihre Gesundheit ist ein wunderbares Kapital, volle Lippen, rosiger Teint, flinke Augen.
HERR DIMANCHE Ich würde gern –
DON JUAN Wie geht es Madame Dimanche, Ihrer Gattin?
HERR DIMANCHE Sehr gut, Monsieur, dank Gott.
DON JUAN Eine brave Frau.
HERR DIMANCHE Ihre Dienerin, Monsieur. Ich kam –
DON JUAN Und Ihr kleines Töchterchen Claudine, wie geht es ihr?
HERR DIMANCHE Ausgezeichnet.
DON JUAN Was für ein hübsches kleines Mädchen! Ich liebe sie mit ganzem Herzen.
HERR DIMANCHE Sie tun ihr zu viel Ehre an, Monsieur. Ich kam –
DON JUAN Und der kleine Colin, lärmt er immer noch so schön mit seiner Trommel?
HERR DIMANCHE Immer das gleiche, Monsieur. Ich –
DON JUAN Und Ihr Hündchen Brusquet, knurrt es immer noch und beißt Ihre Besucher kräftig in die Waden?
HERR DIMANCHE Mehr denn je, Monsieur, wir werden mit ihm nicht fertig.
DON JUAN Wundern Sie sich nicht, wenn ich mich nach der ganzen Familie erkundige, ich interessiere mich sehr für sie.

HERR DIMANCHE Wir sind Ihnen unendlich verbunden, Monsieur. Ich –

DON JUAN Geben Sie mir Ihre Hand, Monsieur Dimanche. Sind Sie mir ein wahrer Freund?

HERR DIMANCHE Monsieur, ich bin Ihr Diener.

DON JUAN Bei Gott, ich bin von ganzem Herzen der Ihrige.

HERR DIMANCHE Zu viel Ehre, ich –

DON JUAN Es gibt nichts, das ich für Sie nicht tun würde.

HERR DIMANCHE Monsieur, Sie sind zu gütig.

DON JUAN Und ohne an meinen Vorteil zu denken, glauben Sie mir.

HERR DIMANCHE Ich habe so hohe Gnade nicht verdient, gewiß, aber, Monsieur.

DON JUAN Ach, Monsieur Dimanche, ohne Umstände, wollen Sie mit mir soupieren?

HERR DIMANCHE Nein, Monsieur, ich muß auf der Stelle gehen. Ich kam –

DON JUAN *steht auf*: Kommt schnell, eine Fackel, um Monsieur Dimanche hinauszugeleiten, und vier oder fünf meiner Leute sollen Musketen nehmen und ihm eskortieren.

HERR DIMANCHE *steht auch auf*: Monsieur, es ist nicht nötig. Ich kann allein gehen. Aber –

DON JUAN Was! Ich will, daß man Ihnen das Geleit gibt. Ich nehme allzu reges Interesse an Ihrer Person. Ich bin Ihr Diener und, was mehr ist, Ihr Schuldner.

HERR DIMANCHE Ah, Monsieur –

DON JUAN Ich verberge es nicht und sage es aller Welt.

HERR DIMANCHE Wenn –

DON JUAN Sie möchten, daß ich Sie begleite?

HERR DIMANCHE Ach, Monsieur, Sie scherzen, Monsieur.

DON JUAN Umarmen Sie mich. Ich bitte Sie noch einmal, seien Sie überzeugt, daß ich ganz der Ihrige bin und daß es nichts auf der Welt gibt, das ich nicht für Sie tun würde. *Don Juan geht.*

SGANARELLE Gestehen Sie, daß Sie in Monsieur einen Freund haben, der Sie sehr liebt.

Herr Dimanche Es ist wahr, er ist so höflich zu mir und macht mir soviel Komplimente, daß ich es nie wage, Geld von ihm zu verlangen.

Sganarelle Ich versichere Sie, daß sein ganzes Haus für Sie in den Tod gehen würde; ich möchte, daß Ihnen etwas zustößt, daß es jemandem einfällt, Sie mit Knüppeln zu bearbeiten, Sie würden sehen, wie –

Herr Dimanche Ich glaube es. Aber, Sganarelle, ich bitte Sie, sagen Sie ihm ein Wörtchen über mein Geld.

Sganarelle Oh, sorgen Sie sich nicht, er wird Sie bestens bezahlen.

Herr Dimanche Aber Sie, Sganarelle, schulden mir auch persönlich etwas.

Sganarelle Pfui, sprechen Sie mir nicht davon.

Herr Dimanche Wie? Ich –

Sganarelle Weiß ich nicht selber, was ich Ihnen schulde?

Herr Dimanche Ja, aber –

Sganarelle Gehen Sie, Monsieur Dimanche, ich werde Ihnen hinausleuchten.

Herr Dimanche Aber mein Geld –

Sganarelle *packt Herrn Dimanche am Ärmel*: Scherzen Sie?

Herr Dimanche Ich will –

Sganarelle *zerrt ihn*: Eh!

Herr Dimanche Ich bestehe –

Sganarelle *schiebt ihn*: Bagatellen!

Herr Dimanche Aber –

Sganarelle *schiebt ihn*: Pfui.

Herr Dimanche Ich –

Sganarelle *schiebt ihn ganz von der Bühne*: Pfui, sage ich.

4

Don Louis, Don Juan, La Violette, Sganarelle.

La Violette Monsieur, da kommt Ihr Herr Vater.

Don Juan Ah! Das ist gut! Dieser Besuch hat gefehlt, mich rasen zu machen.

Don Louis Ich sehe sehr wohl, daß ich Ihnen lästig bin und daß Sie meinen Besuch sehr gern entbehren würden. Die Wahrheit zu sagen, wir sind einander erstaunlich unangenehm. Und wenn Sie es müde sind, mich zu sehen, bin ich meinerseits Ihrer Ausschweifungen auch sehr müde. Ach, wie wenig wissen wir doch, was wir tun. Wenn wir nicht dem Himmel überlassen die Sorge um die Dinge, die wir brauchen, wenn wir klüger sein wollen als er, wenn wir ihn belästigen mit unseren blinden Wünschen und unüberlegten Bitten. Ich habe einen Sohn ersehnt mit unvergleichlicher Glut, ich habe nach ihm verlangt mit unglaublicher Hitze, und dieser Sohn, den ich bekomme, indem ich den Himmel mit Wünschen ermüde, ist der Kummer und die Qual dieses meines Lebens, dessen Freude und Trost er sein sollte. Mit welchem Auge, meinen Sie, soll ich diese Anhäufung unwürdiger Handlungen ansehn, deren schlimmen Eindruck man Mühe hat, vor den Augen der Welt abzumildern, diese ununterbrochene Folge übler Streiche, die mich nötigen, die Güte des Königs stündlich zu ermüden, die bei ihm den Kredit, den meine Verdienste mir verschaffen, und den meiner Freunde erschöpft haben? Ah, welche Gemeinheit! Erröten Sie nicht, Ihre Geburt so wenig zu verdienen? Mit welchem Recht, sagen Sie es mir, sind Sie stolz darauf? Und was haben Sie getan in der Welt, ein Edelmann zu sein? Glauben Sie, es genüge, Namen und Wappen zu tragen? Und es sei Ruhm, aus edlem Blut zu stammen, wenn man wie ein Verbrecher lebt? Nein, nein, Geburt ist nichts, wo nicht die Tugend auch ist. Teil am Ruhm unserer Vorfahren haben wir nur, wenn wir ihnen nacheifern, und der Glanz ihrer Taten, der auf uns zurückfällt, verpflichtet uns, ihnen gleiche Ehre zu erweisen, in ihre Fußstapfen zu treten und von ihren Tugenden nicht abzugehn, wenn wir gelten wollen als ihre wahren Nachkommen. So stammen Sie umsonst von Ihren Ahnen ab. Diese verleugnen in Ihnen ihr Blut, und aus allem Glorreichen, das jene getan haben, erwächst Ihnen kein Vorteil. Im Gegenteil, ihr Glanz fällt zu Ihrer Beschämung auf Sie. Ihr Ruhm ist die Fackel, die allen Augen die Schande Ihrer Taten beleuchtet. Lernen Sie es endlich: Daß ein Edelmann, der schlecht lebt, ein Ungeheuer ist in der Natur. Daß die Tugend der erste aller Adelstitel. Daß ich weit weniger nach dem Namen sehe, mit dem man unterzeichnet, als nach den Taten, die man tut. Daß ich mehr halte von einem Lastträger, der ehrlich ist, als von einem Königssohn, der lebt wie Sie.

DON JUAN Monsieur, wenn Sie sich setzen wollen, im Sitzen spricht es sich leichter.

DON LOUIS Nein, Schamloser, ich will mich nicht setzen und auch nicht weiterreden. Ich sehe wohl, daß alle meine Worte deine Seele nicht rühren. Aber wisse, unwürdiger Sohn, daß deine Taten die väterliche Zärtlichkeit erschöpfen. Ich werde, eher als du es annimmst, deinen Ausschweifungen eine Grenze setzen, über dich den Zorn des Himmels herbeirufen und in deiner Strafe die Schande abwaschen, dich gezeugt zu haben. *Ab.*

5

Don Juan, Sganarelle.

DON JUAN He! Sterben Sie, so schnell Sie können, ja, es ist das beste, was Ihnen einfallen kann. Jeder nach der Reihe. Es macht mich rasend, Väter zu sehen, die ebenso lange leben wie ihre Söhne. *Er wirft sich in einen Sessel.*

SGANARELLE Ah, Monsieur, Sie tun unrecht, das ist sicher.

DON JUAN Ich unrecht?

SGANARELLE Monsieur.

DON JUAN *steht auf*: Ich unrecht?

SGANARELLE Ja, Monsieur, Sie tun unrecht, anzuhören, was er Ihnen gesagt hat, und Sie hätten ihn hinauswerfen sollen. Hat man je solche Unverschämtheit erlebt? Ein Vater macht seinem Sohn Vorhaltungen und sagt ihm, er soll sein Verhalten korrigieren, sich seiner

Geburt erinnern, das Leben eines anständigen Menschen führen und hundert ähnliche Dummheiten? Kann so etwas geduldet werden von einem Mann wie Sie, der weiß, wie man leben soll? Ich bewundere Ihre Geduld; wenn ich an Ihrer Stelle gewesen wäre, ich hätte ihm Beine gemacht. *Beiseite*: Oh, Feigheit, Feigheit, was machst du aus mir.

Don Juan Wird man mich endlich soupieren lassen?

6

Don Juan, Dona Elvira, Ragotin, Sganarelle.

Ragotin Monsieur, hier ist eine Dame im Schleier, die Sie sprechen will.

Don Juan Was kann das sein?

Sganarelle Man muß sehen.

Dona Elvira Seien Sie nicht überrascht, Don Juan, mich zu so später Stunde und in diesem Aufzug zu sehen. Ein dringendes Anliegen zwingt mich zu diesem Besuch, und was ich Ihnen zu sagen habe, duldet keinen Aufschub. Ich komme nicht her mit dem Zorn, den ich vor kurzem ausbrechen ließ, und Sie sehen mich sehr verändert seit heute früh. Das ist nicht mehr diese Dona Elvira, die Sie verwünschte und aus erzürnter Seele Ihnen drohte und nach Rache schrie. Der Himmel hat aus meiner Seele all diese unwürdigen Regungen verbannt, die ich für Sie empfunden habe, den ganzen stürmischen Taumel einer verbrecherischen Bindung, all die wilde, hinreißende Leidenschaft einer groben irdischen Liebe, und er hat meinem Herzen für Sie nur gelassen eine Flamme, gereinigt von allem Verkehr der Sinne, eine geheiligte Zärtlichkeit, eine von allem losgelöste Liebe, die nicht für sich handelt und nur um Ihr Wohl besorgt ist.

Don Juan *zu Sganarelle*: Ich glaube, du weinst.

Sganarelle Verzeihen Sie mir.

Dona Elvira Diese vollkommene und reine Liebe führt mich her, um Ihnen einen Rat des Himmels mitzuteilen und zu versuchen, Sie vom Abgrund wegzureißen, auf den zu Sie stürzen. Ja, Don Juan, ich kenne Ihre Ausschweifungen, und derselbe Himmel, der mein Herz rührte und meine Augen öffnete über meine Verfehlungen, hat mir eingegeben, Sie aufzusuchen, und an seiner Statt Ihnen zu sagen, daß Ihre Freveltaten seine Langmut erschöpft haben, daß sein furchtbarer Zorn nahe daran ist, auf Sie herabzufallen, und daß es an Ihnen ist, dies durch schnelle Reue zu verhindern. Vielleicht bleiben Ihnen nur wenige Stunden, dem größten Unglück zu entgehen. Was mich betrifft, mich bindet an Sie kein weltlicher Bund mehr. Ich habe mich entfernt von all meinen Wahnsinnsgedanken; ich ziehe mich vom Leben zurück und erbitte nur so viel Leben noch, den Fehler zu sühnen, den ich beging, und durch strenge Buße die Verzeihung zu erlangen für die Verblendung, in die eine zu verdammende Leidenschaft mich gestürzt hat. Doch in dieser Abgeschiedenheit würde es mir einen äußersten Schmerz bedeuten, wenn der Himmel an einem Menschen, den ich zärtlich geliebt habe, ein furchtbares Exempel statuiert. Eine unglaubliche Freude hingegen wäre es mir, wenn ich Sie bewegen könnte, den schrecklichen Schlag, der Sie bedroht, von Ihrem Haupte abzuwenden. Gewähren Sie mir, Don Juan, als letzte Gnade, diesen süßen Trost, verweigern Sie mir nicht Ihr Seelenheil, das ich mit Tränen erflehe. Wenn Ihr eigenes Interesse Sie nicht rührt, so lassen Sie sich von meinen Bitten rühren. Ersparen Sie mir den Schmerz, Sie zu den ewigen Qualen der Hölle verdammt zu sehen.

SGANARELLE Die arme Frau.

DONA ELVIRA Ich habe Sie sehr geliebt. Nichts auf der Welt war mir so teuer wie Sie. Ich vergaß meine Pflicht für Sie. Ich tat alles für Sie. Die einzige Belohnung, die ich von Ihnen verlange, ist, daß Sie Ihren Lebenswandel ändern und Ihrem Verderben entgehen. Retten Sie sich, ich bitte Sie, Ihnen zuliebe oder mir zuliebe, noch einmal, Don Juan, ich bitte Sie darum mit Tränen. Und wenn die Tränen einer Person, die Sie geliebt haben, nicht genügen, flehe ich Sie an bei allem, was Sie zu rühren vermag.

SGANARELLE Ein Tigerherz!

DONA ELVIRA Ich gehe jetzt. Das ist alles, was ich Ihnen zu sagen hatte.

DON JUAN Madame, es ist spät, bleiben Sie hier. Man wird Sie so gut unterbringen wie nur möglich.

DONA ELVIRA Nein, Don Juan, halten Sie mich nicht zurück.

DON JUAN Madame, Sie werden mir ein Vergnügen machen, wenn Sie bleiben, glauben Sie mir.

DONA ELVIRA Nein, sag ich Ihnen. Verlieren wir keine Zeit mit überflüssigen Reden; lassen Sie mich schnell gehen. Bestehen Sie nicht darauf, mich zu begleiten, und nutzen Sie, was ich Ihnen riet. *Ab.*

7

Don Juan, Sganarelle.

DON JUAN Weißt du, daß ich doch wieder ein kleines Gefühl für sie empfunden habe; daß ich Vergnügen fand an dieser neuen bizarren Erscheinung und daß ihr vernachlässigtes Kleid, ihr aufgelöster Ausdruck und ihre Tränen in mir kleine Reste eines erlöschenden Feuers angefacht haben?

SGANARELLE Das heißt, daß ihre Worte keinen Eindruck auf Sie gemacht haben?

DON JUAN Schnell das Souper.

SGANARELLE Sehr wohl.

DON JUAN *setzt sich zu Tisch*: Sganarelle, man muß doch daran denken, sich zu bessern.

SGANARELLE Oh ja.

DON JUAN Ja, man muß sich bessern. Noch zwanzig, dreißig Jahre so gelebt, und wir werden an uns selber denken. Was sagst du dazu?

SGANARELLE Nichts. Hier ist das Essen. *Er steckt sich ein Stück in den Mund von der Platte, die gebracht wird.*

DON JUAN Du hast eine geschwollene Backe. Was ist denn? Sprich, was hast du?

SGANARELLE Nichts.

DON JUAN Zeig doch. Bei Gott, ein Abszeß. Schnell ein Skalpell, es zu öffnen. Der arme Kerl ist am Ende, dieser Abszeß wird ihn ersticken. Warte. Sieh einer an, wie reif das war! Schurke.

SGANARELLE Monsieur, ich wollte sehen, ob Ihr Koch richtig gesalzen und gepfeffert hatte.

DON JUAN Los, setz dich hin und iß. Ich brauche dich noch nach dem Essen. Du bist hungrig, scheint mir.

SGANARELLE Gewiß, Monsieur, ich habe seit heute früh nichts gegessen. Schmecken Sie das, es ist vom Besten. *Ein Lakai nimmt die Teller weg, sobald Sganarelle etwas zu essen darauf hat.* Mein Teller, mein Teller. Sachte, wenn ich bitten darf. Bei der Tugend meiner Mutter, Kerlchen, wie geschickt Sie sind, mir leere Teller aufzutischen. Und Sie, Kleiner, La Violette, wie pünktlich Sie einschenken. *Während La Violette ihm zu trinken einschenkt, nimmt ein anderer Lakai den Teller weg.*

DON JUAN Wer mag da so klopfen?

SGANARELLE Wer zum Teufel stört uns beim Essen?

DON JUAN Ich will in Ruhe soupieren. Laßt niemand herein.

SGANARELLE Lassen Sie mich machen. Ich gehe selbst hin. *Geht und kommt zurück.*

DON JUAN Was ist denn? Was hast du?

SGANARELLE Der – *Er nickt* – ist da.

DON JUAN Laß uns sehn, und zeigen wir, daß mich nichts erschüttern kann.

SGANARELLE Ah! Sganarelle! ein Versteck!

8

Don Juan, die Statue des Komturs (die sich an den Tisch setzt), Sganarelle, Gefolge.

DON JUAN Einen Stuhl und ein Gedeck, schnell. *Zu Sganarelle*: Komm, zu Tisch.

SGANARELLE Monsieur, ich habe keinen Hunger mehr.

DON JUAN Setz dich hin, sage ich. Zu trinken. Auf das Wohl des Komturs, auf dich, Sganarelle. Man schenke ihm ein.

SGANARELLE Monsieur, ich habe keinen Durst.

DON JUAN Trink und sing ein Lied, um den Komtur zu ergötzen.

SGANARELLE Ich bin heiser, Monsieur.

DON JUAN Es macht nichts, los. Ihr alle, kommt, begleitet ihn.

STATUE Don Juan, es ist genug, ich lade Sie ein, morgen mit mir zu soupieren. Werden Sie dazu den Mut haben?

DON JUAN Ja, ich werde kommen, begleitet nur von Sganarelle.

SGANARELLE Vielen Dank, morgen ist für mich Fasttag.

DON JUAN *zu Sganarelle*: Nimm diese Lampe und leuchte ihm.

STATUE Man braucht kein Licht, wenn man vom Himmel geführt wird.

V

1

Don Louis, Don Juan, Sganarelle.

DON LOUIS Wie, mein Sohn, ist es möglich, der Himmel in seiner Güte hätte meine Bitten erhört? Ist, was Sie mir sagen, wahr, täuschen Sie mich nicht mit falscher Hoffnung, kann ich gewiß sein dieser erstaunlich plötzlichen Bekehrung?

DON JUAN Ja. Sie sehen mich bekehrt von all meinen Irrtümern. Ich bin nicht mehr der, der ich gestern abend war. Der Himmel hat plötzlich in mir eine Bekehrung erwirkt, die alle Welt erstaunen wird. Er hat meine Seele gerührt und meine Augen geöffnet; und ich betrachte mit Abscheu meine lange Verblendung und die verbrecherischen Ausschweifungen meines Lebens. Ich sinne über ihre Verabscheuungswürdigkeit nach und staune, wie der Himmel sie so lange dulden konnte, ohne zwanzigmal die Schläge seiner fürchterlichen Gerechtigkeit auf mein Haupt zu lenken. Ich betrachte die Gnade, die seine Güte mir angedeihen ließ, indem sie meine Verbrechen nicht bestrafte, und ich will sie gebührlich ausnutzen, vor den Augen der Welt eine plötzliche Wendung in meinem Verhalten zeigen, dadurch den Skandal, den meine vergangenen Taten verursachten, wiedergutmachen und nichts als bestrebt sein, vom Himmel vollen Erlaß zu erlangen. Daran will ich jetzt arbeiten, und ich bitte Sie, Monsieur, mich in dieser Absicht zu stützen, und selbst einen Menschen zu bestimmen, der mir ein Leiter sei, der meinen Schritt festigen möge auf dem Weg, den ich jetzt einschlage.

DON LOUIS Ah, mein Sohn, wie schnell kann man die väterliche Zärtlichkeit zurückrufen. Wie schnell verflüchtigen sich die Beleidigungen eines Sohnes beim leisesten Wort der Reue. Schon erinnere ich mich nicht mehr an all die Sorgen, die Sie mir bereiteten. Ihre Worte haben sie gelöscht. Ich weine Freudentränen. All meine Wünsche sind erfüllt, ich habe vom Himmel fortan nichts mehr zu verlangen. Umarmen Sie mich, mein Sohn. Fahren Sie fort, ich flehe Sie an, in diesem lobenswerten Geist. Ich kehre sogleich zu Ihrer Mutter zurück, damit sie teilhabe am süßen Freudentaumel, der mich befällt, und dem Himmel zu danken für die heiligen Entscheidungen, die er Ihnen eingab.

2

Don Juan, Sganarelle.

SGANARELLE Ah, Monsieur. Welche Freude, Sie bekehrt zu sehen. Schon lange wartete ich darauf. Und nun sind, dem Himmel sei Dank, all meine Wünsche erfüllt.

DON JUAN Der Dummkopf.

SGANARELLE Wieso der Dummkopf?

DON JUAN Was, nimmst du für bare Münze, was ich eben gesagt habe? Du meinst, ich hätte gesagt, was ich denke?

SGANARELLE Was, es ist nicht – Sie wollen nicht – Ihre – *Beiseite*: Oh, was für ein Mensch, was für ein Mensch, was für ein Mensch!

DON JUAN Nein, nein, ich bin nicht verändert, und ich empfinde immer noch das gleiche.

SGANARELLE Sie ergeben sich nicht, nach dem überraschenden Wunder dieser bewegten und sprechenden Bildsäule?

DON JUAN Ja, da ist etwas, das ich nicht verstehe, aber was immer das sei, es kann meinen Verstand nicht überzeugen und meine Seele nicht erschüttern. Wenn ich gesagt habe, daß ich meinen Lebenswandel korrigieren will und ein beispielhaftes Leben führen, so ist das ein Plan, den ich aus reiner Politik gefaßt habe. Ein nötiger Winkelzug, eine nützliche Grimasse, zu der ich mich zwingen will, um einen Vater zu schonen, den ich brauche, und mich zu schützen, was die Menschen angeht, vor hundert Unannehmlichkeiten, die mich ereilen könnten. Dir, Sganarelle, will ich das gern gestehn, und ich bin froh, einen Zeugen zu haben, der den Grund meiner Seele und die wahren Beweggründe kennt, die mich zwingen, so zu handeln.

SGANARELLE Was? Sie glauben an gar nichts und wollen sich als ein biederer Mensch hinstellen?

DON JUAN Und warum nicht? Es gibt so viele andere wie ich, die sich in diesem Metier versuchen und die Welt täuschen mit derselben Maske.

SGANARELLE Ah, was für ein Mensch, was für ein Mensch!

DON JUAN So etwas ist keine Schande mehr. Die Heuchelei ist ein Modelaster, und alle Laster, die Mode sind, gelten als Tugenden. Die Rolle des Biedermanns ist die beste Rolle, die man spielen kann. Heute hat der Beruf des Heuchlers wunderbare Vorteile. Es ist eine Kunst, deren Betrügereien immer geschätzt werden, und obwohl man sie immer aufdeckt, wagt man nichts gegen sie zu sagen. Alle anderen menschlichen Laster sind der Zensur ausgesetzt, und jeder hat die Freiheit, sie offen anzugehen. Die Heuchelei aber ist ein privilegiertes Laster, das mit eigener Hand allen die Lippen zuhält und ganz ruhig sich einer souveränen Straflosigkeit erfreut. Man knüpft vermittels einiger Fratzen enge Bande mit allen Mitgliedern dieser Gemeinde. Wer einen vor den Kopf stößt, hat sie alle auf dem Hals, und die Ehrlichen, die allen als aufrichtig bekannt sind, werden immer von den andern düpiert. Sie fallen arglos auf die Fratzenzieher herein und unterstützen blind diese Affen ihrer eigenen Taten. Wieviele, glaubst du, kenne ich, die, mit diesem Kunstgriff, geschickt die Ausschreitungen ihrer Jugend reingewaschen haben, die sich einen Schild machen aus dem Mantel der Religion und unter diesem geehrten Kleide Erlaubnis haben, die schlimmsten Menschen der Welt zu sein. Obwohl man ihre Intrigen weiß, obwohl man sie kennt als das, was sie sind, sie behalten ihr Ansehen bei den Leuten. Ein Senken des Kopfes, ein paar sinnige Seufzer, zwei- oder dreimal ein empörtes Augenrollen machen gut vor der Welt alles, was sie tun mögen. Nun, unter diesen günstigen Schutz will ich mich nun retten und meine Geschäfte in Sicherheit bringen. Ich werde meine süßen Gewohnheiten nicht aufgeben, aber versteckt und ohne Lärm ihnen nachgehen. Wenn ich entdeckt werden sollte, werde ich sehen, daß die ganze Bande meine Interessen vertritt und mich gegen alle verteidigt. Das ist endlich das wahre Mittel, straflos alles zu tun, was mir gefällt. Ich werde mich zum strengen Zensor des Verhaltens aller machen, werde schlecht von allen urteilen und gut nur von mir selbst. Wenn irgendeiner mich aufs leiseste angeht, werde ich nie verzeihen und sanftmütig einen unversöhnlichen Haß pflegen. Ich werde zum Rächer der Interessen des Himmels werden, und unter diesem bequemen Vorwand werde ich meine Feinde hetzen, sie der Gottlosigkeit bezichtigen und gegen sie die Eiferer entfesseln, die ohne Sachkenntnis öffentlich gegen sie schreien und sie mit Beschimpfungen zudecken werden nach Kräften aus eigenem Antrieb. So soll man aus den menschlichen Schwächen Vorteil ziehn. So schickt sich ein weiser Geist in die Laster seines Jahrhunderts.

Sganarelle O Gott, was höre ich! Es fehlt nur noch, daß Sie zum Heuchler werden, um dem Faß den Boden auszuschlagen. Das ist der Gipfel der Schändlichkeit. Monsieur, das jetzt reißt mich hin, und ich kann nicht mehr schweigen. Machen Sie, was Sie wollen, prügeln Sie mich, schlagen Sie mich, töten Sie mich, wenn Sie wollen, ich muß meinem Herzen Luft machen und Ihnen als treuer Diener sagen, was sich gehört. Monsieur, der Krug geht so lange zum Brunnen, bis er bricht; und wie dieser Autor, den ich nicht kenne, vortrefflich sagt: Der Mensch ist auf der Welt wie der Vogel auf dem Ast, der Ast ist am Baum, wer beim Stamm bleibt, folgt guten Vorschriften, die guten Vorschriften sind besser als schöne Worte, schöne Worte gibt es am Hof, am Hof sind die Höflinge, die Höflinge gehn nach der Mode, die Mode kommt von der Phantasie, die Phantasie ist eine Eigenschaft der Seele, die Seele ist, was uns Leben schenkt, das Leben endet mit dem Tod, der Tod macht uns an den Himmel denken, der Himmel ist über der Erde, die Erde ist nicht die See, die See ist Stürmen unterworfen, die Stürme plagen die Schiffe, die Schiffe brauchen einen guten Steuermann, ein guter Steuermann ist weitsichtig, Weitsicht ist nicht bei jungen Leuten, junge Leute schulden den alten Gehorsam, die alten lieben Reichtümer, Reichtümer machen die Reichen aus, die Reichen sind nicht arm, die Armen sind in der Not, Not kennt kein Gebot, wer kein Gebot kennt, lebt als rohes Tier, und folglich werden Sie zu allen Teufeln fahren.

DON JUAN Oh, die schöne Beweisführung!

SGANARELLE Nach all dem, wenn Sie das nicht einsehen, um so schlimmer für Sie.

3

Don Carlos, Don Juan, Sganarelle.

DON CARLOS Don Juan, ich finde Sie zur rechten Zeit und bin sehr froh, Sie hier zu sprechen, statt bei sich zu Hause, um Sie nach Ihrer Entscheidung zu fragen. Sie wissen, daß diese Sorge mir obliegt und daß ich in Ihrem Beisein diese Affäre auf mich genommen habe. Was mich betrifft, ich verberge es nicht – ich wünsche sehr, daß die Sache einen sanften Ausgang nimmt. Es gibt nichts, das ich nicht tun würde, Sie zu bewegen, öffentlich meine Schwester als Ihre Ehefrau zu bestätigen.

DON JUAN Ach, ich würde Ihnen mit ganzem Herzen die Genugtuung verschaffen, die Sie wünschen, aber der Himmel widersetzt sich ausdrücklich. Er hat meiner Seele den Plan eingegeben, meinen Lebenswandel zu ändern, und ich habe von nun an keinen anderen Gedanken, als alle weltlichen Bindungen zu lösen und sobald wie möglich alle Eitelkeiten abzuwerfen und zu korrigieren durch eine strenge Führung alle verbrecherischen Ausschreitungen, in die mich trieb das Feuer einer blinden Jugend.

DON CARLOS Diese Absicht hat nichts, was meinen Vorschlag entkräftet. Die Gesellschaft einer gesetzlichen Gefährtin deckt sich durchaus mit den lobenswerten Überlegungen, die der Himmel Ihnen eingibt.

DON JUAN Ach, keineswegs. Dies ist eine Entscheidung, die Ihre Schwester selbst getroffen hat. Sie hat sich ins Kloster zurückgezogen, und wir sind zur gleichen Zeit erleuchtet worden.

DON CARLOS Ihre Rückkehr ins Kloster kann uns nicht genügen. Man könnte sie damit erklären, daß Sie sie und unsre Familie verschmähen, und unsere Ehre verlangt, daß sie mit Ihnen lebt.

DON JUAN Ich versichere Ihnen, es kann nicht sein. Ich hätte selber die größte Lust dazu und habe heute noch mit dem Himmel darüber beraten. Aber als ich ihn konsultierte, hörte ich eine Stimme, die mir sagte, ich solle nicht an Ihre Schwester denken und daß ich mein Heil gewiß nicht mit ihr finden würde.

DON CARLOS Glauben Sie, Don Juan, uns mit diesen schönen Ausreden zu blenden?

DON JUAN Ich gehorche der Stimme des Himmels.

DON CARLOS Was, glauben Sie, daß ich mich mit solcher Redensart abspeisen lasse?

DON JUAN Der Himmel will es so.

DON CARLOS Sie haben meine Schwester aus dem Kloster geholt, um sie dann zu verlassen?

DON JUAN Der Himmel befiehlt es so.

DON CARLOS Wir sollten diese Befleckung unserer Familie dulden?

DON JUAN Machen Sie es mit dem Himmel ab.

DON CARLOS Ach was, immer der Himmel!

DON JUAN Der Himmel wünscht es so.

DON CARLOS Genug, Don Juan, ich verstehe. Nicht hier will ich Ihnen entgegnen. Der Ort erlaubt es nicht. Aber ich werde Sie bald zu finden wissen.

DON JUAN Sie werden tun, was Sie wollen. Sie wissen, daß ich nicht feige bin und einen Degen handhaben kann, wenn es not tut. Ich werde in Kürze durch diese abgelegene Gasse gehen, die zum Kloster führt. Aber

ich erkläre Ihnen, daß ich mich nicht duellieren will, der Himmel verbietet mir den Gedanken daran; und wenn Sie mich angreifen, werden wir sehen, was daraus wird.
DON CARLOS Wir werden sehen, ja, wir werden sehen.

4

Don Juan, Sganarelle.

SGANARELLE Monsieur, was wählen Sie für einen teuflischen Stil. Das ist schlimmer als alles andere, und ich hatte Sie viel lieber, wie Sie vorher waren. Ich hatte bis jetzt die Hoffnung auf Ihre Rettung nie aufgegeben, aber der Himmel kann diese letzte furchtbare Herausforderung nicht mehr dulden.

DON JUAN Geh, geh, der Himmel ist nicht so genau, wie du meinst. Und wenn jedesmal, wenn die Menschen – *Wetterleuchten.*

SGANARELLE Ah, Monsieur, der Himmel spricht zu Ihnen, er gibt Ihnen ein Zeichen.

DON JUAN Wenn der Himmel mir ein Zeichen geben will, soll er sich etwas deutlicher ausdrücken, wenn er will, daß ich ihn höre.

5

Don Juan, ein Gespenst als verschleierte Frau, Sganarelle.

GESPENST Don Juan hat nur mehr einen Augenblick für die Gnade des Himmels, und wenn er nicht auf der Stelle bereut, sein Verderb ist beschlossen.

SGANARELLE Hören Sie, Monsieur?

DON JUAN Wer wagt, so zu reden. Ich kenne diese Stimme, scheint mir.

SGANARELLE Ah, Monsieur, das ist ein Gespenst, ich erkenne es am Gang.

DON JUAN Gespenst, Phantom oder Teufel, ich will wissen, was das ist.

Das Gespenst verwandelt sich, stellt die Zeit dar mit der Sense in der Hand.

SGANARELLE Himmel! Sehen Sie, Monsieur, diese Verwandlung?

DON JUAN Nein, nein, nichts kann mich erschrecken. Ich will mit dem Schwert erproben, ob es ein Körper ist oder ein Geist.

Das Gespenst verfliegt, wenn Don Juan es stechen will.

SGANARELLE Ah, Monsieur, ergeben Sie sich vor solchen Beweisen und bereuen Sie, schnell.

DON JUAN Nein, nein, man wird mir nicht nachsagen können, was immer mir zustößt, daß ich fähig wäre zu bereuen. Komm, folge mir.

6

Die Statue, Don Juan, Sganarelle.

STATUE Halt, Don Juan, Sie gaben mir gestern Ihr Wort, heute mit mir zu speisen.

DON JUAN Ja, wo gehn wir hin?

STATUE Geben Sie mir die Hand.

DON JUAN Da ist sie.

STATUE Don Juan, die Verhärtung in der Sünde führt zu einem schrecklichen Ende. Wer die Gnade des Himmels aufbraucht, reißt seinem Blitz eine Bahn.

DON JUAN O Himmel, was fühle ich! Ein unsichtbares Feuer verbrennt mich. Ich kann nicht mehr, und mein ganzer Körper wird eine einzige Glut. Ah!

Donner, Blitze auf Don Juan, die Bühne öffnet sich und verschlingt ihn. Aus dem Loch steigen große Feuer.

SGANARELLE Ah! Mein Lohn! Mein Lohn! Jetzt ist durch seinen Tod ein jeder befriedigt; beleidigter Himmel, gebrochene Gesetze, verführte Mädchen, entehrte Familien, geschmähte Verwandte, mißhandelte Frauen, gehörnte Ehemänner, alle sind zufrieden. Ich allein bin unglücklich. Mein Lohn! Mein Lohn! Mein Lohn!

Molière
DER ARZT WIDER WILLEN
(Originaltitel: »Le médecin malgré lui«)

Komödie in drei Akten

Mitarbeit Benno Besson

PERSONEN

Sganarelle, *Mann von Martine* / Martine, *Frau von Sganarelle* / Robert, *Nachbar von Sganarelle* / Valère, *Diener von Géronte* / Lucas, *Mann von Jacqueline** / Géronte, *Vater von Lucinde* / Jacqueline, *Amme bei Géronte und Frau von Lucas** / Lucinde, *Tochter von Géronte* / Léandre, *Liebhaber von Lucinde* / Thibaut, *Vater von Perrin** / Perrin, *Sohn von Thibaut, Bauer**

* Diese Figuren sprechen bei Molière Dialekt; für deutsche Aufführungen empfehlen sich geeignete Dialekteinfärbungen, die den Möglichkeiten der jeweiligen Darsteller entsprechen.
In der Aufführung der Volksbühne Berlin (Premiere 30. 12. 1970, Regie Benno Besson) sprach zum Beispiel Lucas mit sächsischem Dialekteinschlag.

I

1

Sganarelle, Martine.

SGANARELLE Nein, ich sage dir, ich tus nicht, und ich führe das Wort, und ich bin der Herr.

MARTINE Und ich sage dir, ich will, daß du nach meiner Phantasie lebst, und ich habe dich nicht geheiratet, um deine Ausschreitungen zu dulden.

SGANARELLE O die Strapaze, eine Frau zu haben, und wie recht hat Aristoteles, wenn er sagt, ein Weib ist schlimmer als ein Dämon.

MARTINE Seht den studierten Mann mit seinem Trottel von Aristoteles.

SGANARELLE Jawohl, studiert. Zeig mir den Holzhacker, der über die Dinge diskutieren kann wie ich; der sechs Jahre gedient hat einem berühmten Arzt und der in seiner Jugend das ABC auswendig wußte.

MARTINE Verdammter Dummkopf.

SGANARELLE Aas, verfluchtes.

MARTINE Verflucht der Tag und die Stunde, wo es mir einfiel, Ja zu sagen.

SGANARELLE Verflucht der Filz von einem Notar, der mich meinen Ruin unterschreiben ließ.

MARTINE Du hast Grund, dich zu beklagen. Keinen Augenblick solltest du aufhören, dem Himmel zu danken für solch eine Frau. Hast du es verdient, eine Person wie mich zu heiraten.

SGANARELLE Wirklich, zu viel Ehre hast du mir angetan. Wirklich, ich hatte Grund, mich zu bedanken für die erste Nacht. Verdammt, laß mich davon nicht reden. Ich könnte da Sachen zur Sprache bringen –

MARTINE Was. Was würdest du zur Sprache bringen?

SGANARELLE Basta. Lassen wir dieses Kapitel. Es genügt, daß wir wissen, was wir wissen, und daß du von Glück reden konntest, mich zu kriegen.

MARTINE Was heißt von Glück reden. Ein Mensch, der mich ins Armenhaus bringen wird, ein Wüstling, ein Veruntreuer, der alles auffrißt, was ich habe.

SGANARELLE Das ist gelogen: Einen Teil versauf ich.

MARTINE Der mir verschleudert Stück für Stück meinen ganzen Hausrat.

SGANARELLE Das heißt ökonomisch leben.

MARTINE Der mich ausplündert bis aufs Bett.

SGANARELLE So stehst du zeitiger auf.

MARTINE Der mir kein einziges Möbel im Haus läßt.

SGANARELLE Das verbilligt den Umzug.

MARTINE Und der vom Morgen bis zum Abend nichts anderes tut, als spielen und saufen.

SGANARELLE Das ist, damit ich mich nicht langweile.

MARTINE Und was mache ich mit unserem Nachwuchs?

SGANARELLE Was dir gefällt.

MARTINE Ich habe vier arme kleine Kinder am Hals.

SGANARELLE Setz sie auf den Boden.

MARTINE Die jede Stunde bei mir nach Brot schrein.

SGANARELLE Gib ihnen die Peitsche. Wenn ich gut getrunken und gut gegessen habe, will ich, daß alles in meinem Haus zufrieden ist.

MARTINE Und du meinst, du Saufkopf, daß das immer so weitergeht.

SGANARELLE Frau, immer ruhig bleiben, wenn ich bitten darf.

MARTINE Daß ich ewig deine Frechheiten und deine Ausschweifungen dulde.

SGANARELLE Wir wollen uns nicht aufregen, Frau.

MARTINE Und daß ich kein Mittel finden werde, dich anzuhalten, deine Pflicht zu tun.

SGANARELLE Liebe Frau, Sie wissen, daß meine Natur nicht geduldig ist und mein Arm nicht schwach.

MARTINE Ich pfeif auf deinen Arm.

SGANARELLE Meine kleine Frau, mein Schatz, Ihr Fell juckt wieder.

MARTINE Ich werde dir schon zeigen, daß ich dich nicht fürchte.

SGANARELLE Meine liebe Hälfte. Es gelüstet Sie, eine Bestellung bei mir aufzugeben.

MARTINE Glaubst du, daß du mich erschreckst mit deinen Sprüchen.

SGANARELLE Süßer Gegenstand meiner Wünsche, ich werde Ihnen die Falten glätten.

MARTINE Saufkopf.

SGANARELLE Ich werde Sie prügeln.

MARTINE Weinschlauch.

SGANARELLE Ich werde Sie dreschen.

MARTINE Scheusal.

SGANARELLE Ich werde Sie striegeln.

MARTINE Lump. Schandmaul. Betrüger. Feigling. Schuft. Lumpenhund. Ganove. Niete. Nalle. Schurke. Kuhschwanz. Bestie. Dieb.

SGANARELLE Ah, du willst es haben. *Schlägt sie.*

MARTINE Ah ah ah.

SGANARELLE Das ist der wahre Friedensstifter.

2

Robert, Sganarelle, Martine.

ROBERT Hallo hallo hallo. Pfui, was ist das. Welche Schande. Zum Henker mit dem Kerl. Wer wird seine Frau so schlagen.

MARTINE Und ich will, daß er mich schlägt, ich ...

ROBERT Ah, dann will ich es auch, mit ganzem Herzen.

MARTINE Was mischen Sie sich ein.

ROBERT Ich habe unrecht.

MARTINE Was geht Sie das an.

ROBERT Sie haben recht.

MARTINE Seht den frechen Kerl, der die Männer hindern will, ihre Frauen zu prügeln.

ROBERT Ich nehme alles zurück.

MARTINE Was haben Sie damit zu tun.

ROBERT Nichts.

MARTINE Ist es Ihre Sache, Ihre Nase hineinzustecken.

ROBERT Nein.

MARTINE Mischen Sie sich in Ihre Angelegenheiten.

ROBERT Ich sage kein Wort mehr.

MARTINE Es gefällt mir, geprügelt zu werden.

ROBERT Einverstanden.

MARTINE Sie haben keinen Schaden davon.

ROBERT Das ist wahr.

MARTINE Und Sie sind ein Dummkopf, wenn Sie sich aufdrängen, wo Sie nichts verloren haben.

Ohrfeigt ihn.

ROBERT Nachbar, ich bitte Sie herzlich um Verzeihung, machen Sie weiter, schlagen Sie, prügeln Sie Ihre Frau, wie es sich gehört. Ich helfe Ihnen, wenn Sie wollen.

SGANARELLE Und ich will nicht, ich.

ROBERT Ah. Das ist etwas anderes.

SGANARELLE Ich will sie prügeln, wenn ich es will, und will sie nicht prügeln, wenn ich es nicht will.

ROBERT Richtig.

SGANARELLE Es ist meine Frau und nicht Ihre.

ROBERT Zweifellos.

SGANARELLE Sie haben mir nichts zu befehlen.

ROBERT Einverstanden.

SGANARELLE Ich brauche Ihre Hilfe nicht.

ROBERT Aber bitte.

SGANARELLE Und Sie sind ein Mensch ohne Schamgefühl, wenn Sie sich in fremde Sachen drängen. Lernen Sie von mir, daß Cicero sagt: Zwischen den Baum und den Finger soll man die Borke nicht stecken.

Prügelt ihn. Robert ab.

Da. Machen wir Frieden, wir beide.

MARTINE Nach solchen Prügeln, ja, ja.

SGANARELLE Das ist nichts. Komm.

MARTINE Ich will nicht.

SGANARELLE Eh.

MARTINE Nein.

SGANARELLE Meine kleine Frau.

MARTINE Nichts da.

SGANARELLE Komm, sag ich.

MARTINE Nein, ich tus nicht.

SGANARELLE Komm komm komm.

MARTINE Nein, ich laß mir meine Wut nicht nehmen.

SGANARELLE Pfui. Eine Kleinigkeit. Komm komm.

MARTINE Laß mich.

SGANARELLE Komm, sag ich.

MARTINE Du hast mich mißhandelt.

SGANARELLE Eh gut, geh. Ich bitte dich um Verzeihung. Gib mir deine Hand.

MARTINE Ich verzeihe dir. *Beiseite*: Du wirst es mir büßen.

SGANARELLE Verrückt, so etwas ernst zu nehmen. Das sind Kleinigkeiten, die nötig sind von Zeit zu Zeit in der Liebe. Fünf oder sechs Stockschläge, unter Liebenden ausgeteilt, frischen die Zärtlichkeit auf. Geh, ich werde ins Holz gehn, und ich verspreche dir für heute mehr als hundert Bund Reisig. *Ab.*

3

Martine.

MARTINE Warte nur. Was ich auch für ein Gesicht mache, ich vergesse dir den Tort nicht, und mich zerreißt es, ein Mittel zu finden, das dich bestraft für die Schläge, die du mir gibst. Ich weiß gut, daß eine Frau es immer in der Hand hat, sich an ihrem Mann zu rächen; aber das ist eine zu delikate Strafe für meinen Lumpenhund, ich will eine Rache, die ihm unter die Haut geht, und jenes andere wäre kein Ausgleich für das, was er mir getan hat.

4

Valère, Lucas, Martine.

LUCAS Verdammich. Da ham wir uns was übernomm, das is e Deiwelsding, das is gar nich abzusehn, was wir da wern kriegn.

VALÈRE Was willst du, mein armer Lucas, man muß unserm Herrn gehorchen, und wir haben ein Interesse, du und ich, an der Gesundheit seiner Tochter, unseres Fräuleins, und ohne Zweifel wird ihre Heirat, die ihrer Krankheit wegen verschoben worden ist, uns irgendeine Belohnung einbringen. Horace, der freigebig ist, hat keinen geringen Anspruch auf ihre Person, und obgleich sie einige Neigung gezeigt hat für einen gewissen Léandre, so weißt du doch wohl, daß ihr Vater diesen nie hat annehmen wollen als seinen Schwiegersohn.

MARTINE Kann ich denn nichts finden, was mich rächen kann.

LUCAS Was für Phantastereien im Kopp hat, wenn die Dokters ihr Latein schon verlorn ham alle da dabei.

VALÈRE Man findet manchmal, beim langen Suchen, etwas, was man nicht gleich findet, und oft in einfältiger Gegend.

MARTINE Ja, ich muß mich an ihm rächen, um welchen Preis immer. Seine Stockschläge stoßen mir auf, ich kann sie nicht verdauen und – *Sieht Valère und Lucas.* Ah, meine Herren. Ich bitte Sie um Verzeihung. Ich habe Sie nicht gesehen, und ich suchte in meinem Kopf ein Mittel gegen etwas, was mich quält.

VALÈRE Jeder hat seine Sorgen auf der Welt, und wir suchen auch, was wir gern finden würden.

MARTINE Ist es etwas, wobei ich Ihnen helfen kann?

VALÈRE Es könnte sein. Wir suchen die Begegnung mit einem studierten Mann, einem außergewöhnlichen Arzt, welcher der Tochter unseres Herrn Erleichterung schaffen kann, der eine plötzliche Krankheit den Gebrauch ihrer Sprache genommen hat. Mehrere Ärzte haben schon ihre gesamte Wissenschaft erschöpft an ihr. Aber manchmal findet man Leute mit wunderbaren Geheimnissen, mit gewissen außergewöhnlichen Heilmitteln, die zumeist bewirken, was die andern nicht bewirken, und es ist das, was wir suchen.

MARTINE *beiseite*: Welch wunderbare Erfindung gibt mir der Himmel ein, mich an meinem Lumpenhund zu rächen. *Zu Valère und Lucas*: Sie konnten sich an niemand Besseren wenden, um zu begegnen dem, den Sie suchen, und wir haben einen Mann hier, den wunderbarsten Mann der Welt für die hoffnungslosen Krankheiten.

VALÈRE He, wo können wir ihn finden.

MARTINE Sie finden ihn gerade jetzt ganz in der Nähe, in der Richtung auf jenes kleine Dörfchen zu, wo er sich unterhält mit Holzhacken.

LUCAS Holzhacken e Dokter?

VALÈRE Der sich damit unterhält, Heilkräuter zu pflücken, wollten Sie sagen.

MARTINE Nein, er ist ein außergewöhnlicher Mensch, der sich damit aufspielt, ein Phantast, bizarr, launisch, den Sie nie halten würden für das was er ist. Er kleidet sich auf exzentrische Art und gibt manchmal vor, unwissend zu sein, verbirgt seine Wissenschaft und flieht nichts so sehr als die Ausübung der wunderbaren Talente, die der Himmel ihm verliehen hat für die Medizin.

VALÈRE Es ist wunderlich, daß alle großen Männer Launen haben, und ein Körnchen Wahn gemischt ist immer in ihre Wissenschaft.

MARTINE Bei dem ist der Wahn größer, als man glauben kann. Er geht manchmal so weit, daß er geprügelt werden will, eh er seine Fähigkeiten gesteht, und nach meiner Meinung werden Sie mit ihm nicht fertig werden, er gesteht Ihnen nie, daß er ein Arzt ist, wenn Sie nicht jeder einen Stock nehmen und zwingen ihn mit ausreichenden Prügeln, Ihnen am Ende zu gestehen, was er Ihnen zuerst verbergen wird. So gehen wir mit ihm um, wenn wir ihn brauchen.

VALÈRE Das ist ein seltsamer Wahn.

MARTINE Das ist wahr. Aber danach werden Sie sehen, er tut Wunder.

VALÈRE Wie heißt er.

MARTINE Er heißt Sganarelle, aber er ist leicht zu erkennen. Er ist ein Mann mit einem breiten schwarzen Bart, und er trägt eine Halskrause, und ein gelb und grünes Kleid.

LUCAS E gelb und grünes Kleid. Der is wohl Babageiendokter!

VALÈRE Ist es wahr, daß er so studiert ist, wie Sie sagen.

MARTINE Was. Das ist ein Mann, der Wunder tut. Vor sechs Monaten wurde eine Frau von allen andern Ärzten aufgegeben, man hielt sie für tot schon sechs Stunden und ging daran, sie zu beerdigen, als man mit Gewalt den Mann, von dem ich rede, holen ließ. Nachdem er sie gesehen hatte, träufelt er ihr in den Mund ein Tröpfchen von ichweißnichtwas, und im Augenblick sprang sie aus dem Bett und fing auf der Stelle an, in ihrem Zimmer auf und ab zu gehen, als wäre nichts gewesen.

LUCAS Ah.

VALÈRE Es muß Goldtinktur gewesen sein.

MARTINE Das könnte wohl sein. Vor nicht drei Wochen fiel ein junges zwölfjähriges Kind vom Kirchturm und zerbrach sich auf dem Steinpflaster den Kopf, die Arme und die Beine. Kaum hatte man dorthin unseren Mann gebracht und er mit einer gewissen Salbe, die er herstellt, rieb den Körper ein, und das Kind auf der Stelle sprang auf die Füße und lief Murmelnspielen.

LUCAS Ah.

VALÈRE Es muß so sein, daß dieser Mann die Universalmedizin in Besitz hat.

MARTINE Wer zweifelt daran.

LUCAS Himmelkreiz. Das is genau der Mann, den wir brauchen. Gehn wir gleich und holn ihn her.

VALÈRE Wir bedanken uns für die Freude, die Sie uns bereiten.

MARTINE Aber vergessen Sie nicht den Tip, den ich Ihnen gegeben habe.

LUCAS Lassen Se uns nur ran. Wenns bloß an der Priegelei hängt, die Kuh is unsre.

VALÈRE *zu Lucas*: Wir sind sehr glücklich, daß uns diese Frau begegnet ist, und es macht mir die beste Hoffnung.

5

Sganarelle, Valère, Lucas.

SGANARELLE *singt*: Lalala.

VALÈRE Ich höre jemanden, der singt und Holz hackt.

SGANARELLE Lalala. Nun, genug gearbeitet, um einen Schluck zu trinken. Schöpfen wir ein wenig Atem. *Trinkt*. Dieses Holz ist salzig wie alle Teufel.

Flasche, mein Schätzchen du
Wie süß ist dein kleines
Wie hübsch klingt dein feines
Glu glu glu.
Kein Glück ist wie meines
Es fehlt mir nur eines
Und macht mir Beschwer:
Mein Fläschchen, mein Schätzchen
Warum wirst du leer.

He, verdammt. Man soll nicht Trübsal blasen.

VALÈRE Da ist er selbst.

LUCAS Ich meine, da ham Se recht, und wir sin mit der Nase genau auffn drauff gestoßn.

VALÈRE Treten wir näher.

SGANARELLE *küßt die Flasche*: Ah meine kleine Hure, wie ich dich liebe, mein Stöpselchen. *Singt*:

Kein Glück ... ist ... wie meines ...

Bemerkt Valère und Lucas. Teufel. Was werden die wollen.

VALÈRE *zu Lucas*: Er ist es, bestimmt.

LUCAS Das isser, bei lebendgen Leibe, wie sien uns beschriebn ham.

SGANARELLE Sie beraten und sehen mich an dabei. Was haben sie vor.

VALÈRE Mein Herr, sind es nicht Sie, der Sganarelle heißt.

SGANARELLE Ja und nein, je nachdem, was Sie von ihm wollen.

VALÈRE Wir wollen nichts als ihm alle Höflichkeit zukommen lassen, deren wir fähig sind.

SGANARELLE In dem Fall ist es ich, der Sganarelle heißt.

VALÈRE Mein Herr, wir sind entzückt, Sie zu sehen. Man hat uns an Sie adressiert für das, was wir suchen, und wir kommen, Ihre Hilfe zu erflehen, die wir benötigen.

SGANARELLE Wenn es etwas ist, meine Herren, das mein kleines Gewerbe angeht, bin ich bereit, Sie zu bedienen.

VALÈRE Mein Herr, zu viel der Gnade, die Sie uns erweisen, mein Herr, bedecken Sie sich, die Sonne könnte Sie inkommodieren.

LUCAS Tun Se den Deckel drauf, Mann.

SGANARELLE *beiseite*: Die Kerle machen viel Umstände.

VALÈRE Mein Herr, Sie sollten sich nicht wundern, daß wir zu Ihnen kommen: studierte Männer sind gesucht, und wir sind informiert über Ihre Fähigkeit.

SGANARELLE Wahr ist, meine Herren, daß ich der erste Mann in der Welt bin im Reisigmachen.

VALÈRE Ah mein Herr...

SGANARELLE Da spar ich mit nichts, und ich mach es auf eine Art, an der ist nicht zu rütteln.

VALÈRE Mein Herr, das ist nicht die Frage.

SGANARELLE Aber ich verkaufe fünf Franc zehn Sous das Hundert.

VALÈRE Reden wir nicht davon, wenn es gefällig ist.

SGANARELLE Ich schwöre, daß ich es nicht billiger abgeben kann.

VALÈRE Mein Herr, wir wissen um die Dinge.

SGANARELLE Wenn Sie um die Dinge wissen, dann wissen Sie auch meinen Preis.

VALÈRE Mein Herr, Sie belieben zu scherzen.

SGANARELLE Ich scherze nicht, ich kann nicht ablassen.

VALÈRE Reden wir über etwas anderes, tun Sie mir die Gnade.

SGANARELLE Sie werden es anderswo billiger finden, es gibt Reisig und Reisig, aber das Reisig, was ich mache...

VALÈRE Eh, mein Herr, lassen wir das Thema.

SGANARELLE Ich schwöre Ihnen, Sie kriegen es nicht, und wenn ein Sou fehlt.

VALÈRE Eh pfui ...

SGANARELLE Nein, ehrlich. Sie werden das ausgeben müssen. Ich spreche aufrichtig. Ich bin der Mann nicht, der den Leuten Überpreise abverlangt.

VALÈRE Wie kann, mein Herr, eine Person wie Sie sich abgeben mit solch groben Finten und sich erniedrigen zu reden auf diese Art. Wie kann ein so gelehrter Mensch, ein berühmter Arzt wie Sie es sind, sich maskieren vor den Augen der Welt und seine schönen Talente begraben.

SGANARELLE *beiseite*: Er ist verrückt.

VALÈRE Bitte, mein Herr, verstellen Sie sich nicht vor uns.

SGANARELLE Wie.

LUCAS Die ganzen Fisematenten nutzen Ihn ja doch nischt, wir wissen was wir wissen.

SGANARELLE Was denn. Was wollen Sie sagen. Für wen halten Sie mich.

VALÈRE Für das, was Sie sind, für einen großen Arzt.

SGANARELLE Selber Arzt. Ich bin es nicht und bin es nie gewesen.

VALÈRE *beiseite*: Jetzt packt er ihn wieder, sein Wahn. Mein Herr, leugnen Sie nicht mehr, bitte, und zwingen Sie uns nicht, ich flehe Sie an, zu extremen Mitteln.

SGANARELLE Zu was.

VALÈRE Zu gewissen Dingen, die wir bedauern würden.

SGANARELLE Verdammt. Zwingt euch zu was euch gefällt. Ich bin kein Arzt und weiß nicht, was ihr von mir wollt.

VALÈRE Ich sehe, er braucht die Arznei. Mein Herr, noch einmal: ich bitte Sie, zu gestehen, was Sie sind.

LUCAS Kotzdonner, laß das Getue und pack aus und schenier dich nicht, daß du e Dokter bist.

SGANARELLE Ich werd verrückt.

VALÈRE Warum verleugnen, was man kann.

LUCAS Mach kein Gefiebe, das nutzt dir eh nischt.

SGANARELLE Meine Herren, in einem Wort soviel wie in zweitausend: Ich bin kein Arzt.

VALÈRE Sie sind kein Arzt.
SGANARELLE Nein.
LUCAS Du bist ke Dokter.
SGANARELLE Nein, sag ich.
VALÈRE Da Sie es wollen, müssen wir es auf uns nehmen.
Prügeln ihn.
SGANARELLE Ah ah ah. Meine Herren, ich bin alles, was Sie wollen.
VALÈRE Warum, mein Herr, zwingen Sie uns zur Gewalt.
LUCAS Warum machn Se uns die Arbeit, daß wir Ihnen dreschen müssen.
VALÈRE Ich versichre Sie, daß ich zutiefst bedaure ...
LUCAS Meiner Seel, mich dauerts auch.
SGANARELLE Was zum Teufel soll das, meine Herren, macht ihr Witze oder seid ihr beide verrückt. Und warum wollt ihr, daß ich Arzt bin.
VALÈRE Was, Sie ergeben sich noch nicht, und Sie leugnen wieder, Arzt zu sein.
SGANARELLE Der Teufel soll mich holen, wenn ich einer bin.
LUCAS So. Sie sin ke Dokter.
SGANARELLE Nein, verdammt.
Sie prügeln ihn wieder.
Ah ah ah. Gut, meine Herren, ja, da Sie es wollen: ich bin Arzt, ich bin Arzt, Apotheker dazu, wenn Sie darauf bestehn. Ich sage lieber zu allem Ja als daß ich mich totschlagen lasse.
VALÈRE Ah, das ist fein, mein Herr, ich bin entzückt, Sie vernünftig zu sehen.
LUCAS Mich zerreißts vor Freude, wenn ich Sie so reden hör.
VALÈRE Ich bitte Sie mit ganzer Seele um Vergebung.
LUCAS Entschuldchen Se, daß wir so frei gewesen sin.
SGANARELLE Uäh. Bin es ich, der sich getäuscht hat. Sollte ich Arzt geworden sein, ohne es zu merken.
VALÈRE Mein Herr, Sie werden es nicht bereuen, sich uns entdeckt zu haben, und Sie werden gewiß erleben, daß wir Sie zufriedenstellen.

SGANARELLE Aber, meine Herren, sagen Sie, täuschen Sie sich nicht selbst. Ist es gewiß, daß ich Arzt bin.

LUCAS Ja, meiner Seel.

SGANARELLE Im Ernst.

VALÈRE Ohne Zweifel.

SGANARELLE Hol mich der Teufel, wenn ichs wüßte.

VALÈRE Aber. Sie sind der beste Arzt der Welt.

SGANARELLE Aha.

LUCAS E Dokter, was alle möglichen Krankheeten kuriert hat.

SGANARELLE Mann.

VALÈRE Eine Frau wurde für tot gehalten sechs Stunden schon und war drauf und dran beerdigt zu werden, als Sie mit einem Tropfen von irgend etwas sie wieder aufleben ließen und im Zimmer herumgehn.

SGANARELLE Verdammt.

LUCAS E kleener Junge mit zwölf Jahrn fliegt runter von Kirchturm und bricht sich den Hals un Arme un Beene drbei un Sie mit ich weeß nich was for Salbe ham bewerkstellcht, daß er stantepede losrennt und spielt wieder mit de Murmeln.

SGANARELLE Satan.

VALÈRE Kurz, mein Herr, Sie werden mit uns zufrieden sein, und Sie werden verdienen, was Sie wollen, wenn Sie uns folgen, wohin Sie zu führen wir die Absicht haben.

SGANARELLE Ich werde verdienen, was ich will.

VALÈRE Ja.

SGANARELLE Ah, ich bin Arzt, ohne Widerrede. Ich hatte es vergessen, aber ich erinnre mich wieder. Worum geht es, wohin soll ich mich begeben.

VALÈRE Wir werden Sie führen. Es geht darum, ein Fräulein zu besuchen, das die Sprache verloren hat.

SGANARELLE Ich schwöre, ich habe sie nicht gefunden.

VALÈRE *zu Lucas*: Er lacht gern. *Zu Sganarelle*: Gehn wir, meine Herren.

SGANARELLE Ohne Doktorrobe?

VALÈRE Wir werden eine Robe beschaffen.

SGANARELLE *gibt Valère die Flasche*: Tragen Sie das, Sie. Darin verwahre ich meine Heiltränke. *Spuckt aus vor Lucas.* Sie, treten Sie das fest, auf ärztliche Verordnung.

LUCAS Donnerschlag. Das is e Dokter, der gefällt mir, der bringts, das is e Komiker.

II

1

Géronte, Valère, Lucas, Jacqueline.

VALÈRE Ja, mein Herr, ich glaube, Sie werden zufrieden sein, und wir haben Ihnen den besten Arzt der Welt gebracht.

LUCAS Kotzdonner. Der schießt n Vogel ab, da gibts nischt, den könn die andern Dokters nich de Schuhe putzen.

VALÈRE Er ist ein Mann, der Wunderkuren gemacht hat.

LUCAS Der hat Leite kuriert, die sin schon mausetot gewesen.

VALÈRE Er ist ein wenig launisch, wie ich Ihnen schon sagte, und manchmal hat er Augenblicke, wo sein Geist schweift, und er nicht scheint, was er ist.

LUCAS Ja, der is Komiker, und ma möchte sagen manchmal, Sie wärn entschuldchen, der hat was Kleenes mitn Beil an Kopp.

VALÈRE Aber im Grunde ist er ganz Wissenschaft, und oft sagt er höchst erhabene Dinge.

LUCAS Wenn der rangeht, sagt der Sachen, akkurat, als wenn er se ausn Buch lesen tät.

VALÈRE Sein Ruhm hat sich hier schon ausgebreitet, und alle wenden sich an ihn.

GÉRONTE Ich sterbe vor Begierde ihn zu sehen, laßt ihn mir schnell kommen.

VALÈRE Ich hole ihn.

JACQUELINE Mein Gott, der wird genausoviel ausrichten wie die andern auch. Nach meiner Meinung: Das wird so genauso sein wie so, und die beste Medizin für Ihre Tochter, das wär, mein ich, ein schöner und guter Mann, für den sie eine Liebschaft hat.

GÉRONTE Uäh. Amme, mein Schatz, Sie mischen sich in viele Dinge.

LUCAS Jacqueline, Frau, du schweigst, du hast da deine Nase nich reinzuhängn.

JACQUELINE Ich sag Ihnen, und ich kanns schon singen, alle diese Doktors werden da nicht mehr ausrichten als ein warmer Wind, und Ihre Tochter braucht keinen Rhabarber und keine Sennesblätter, und ein Mann ist das Pflaster, das alle Krankheiten der Mädchen kuriert.

GÉRONTE Wer wird sie übernehmen mit dem Defekt, den sie jetzt hat. Und als ich sie verheiraten wollte, hat sie nicht selbst sich meinem Willen widersetzt?

JACQUELINE Ich glaube schon. Sie wollten ihr einen Mann geben, den sie nicht liebt. Warum haben Sie Herrn Léandre nicht genommen, der ihr am Herzen lag. Sie wäre gehorsam gewesen, und ich wette, der nimmt sie so, wie sie ist, wenn Sie sie ihm geben wollen.

GÉRONTE Léandre ist nicht, was sie braucht, er hat nicht Vermögen wie der andere.

JACQUELINE Er hat einen Onkel, der reich ist, und er ist sein Erbe.

GÉRONTE All dieses zukünftige Vermögen scheint mir blauer Dunst, nichts geht über das, was man hat, und man läuft große Gefahr, enttäuscht zu werden, wenn man mit dem Vermögen rechnet, auf dem ein andrer sitzt. Der Tod hat nicht immer ein offnes Ohr für die Wünsche und Gebete der Herren Erben, und man kriegt lange Zähne, wenn man seinen Unterhalt von andrer Leute Tod beziehen will.

JACQUELINE Nun, ich habe immer sagen hören, in Sachen Heirat, Zufriedenheit geht vor Reichtum. Die Väter und Mütter haben die verdammte Gewohnheit, daß sie immer fragen, was hat er, was hat sie, und Nachbar Pierre hat seine Tochter Simonette mit dem dicken Thomas verheiratet, weil der ein Viertel Acker Weinberg mehr hat als der junge Robin, mit dem sie verliebt war, und jetzt ist die arme Kreatur gelb wie eine Quitte und setzt nichts mehr an seit der Zeit. Das ist ein schönes Beispiel für Sie, Herr, man hat in der Welt nur sein Vergnügen, und ich wollt meiner Tochter lieber einen guten Mann geben, der ihr paßt, als alle Renten von Frankreich.

GÉRONTE Pest, Frau Amme, was Sie herunterschnattern. Schweigen Sie, bitte. Sie kümmern sich um alles und erhitzen ihre Milch.

LUCAS *haut Jacqueline auf die Brust*: Kotzdonner, halt de Klappe und sei nich ausverschämt. Unser Herr Géronte kann dein Gebabel nich gebrauchn, der weeß was er zu tun hat, mach daß de dein Kind stillst, und resonier nich, unser Herr is der Vater von seine Tochter, und er is gut un gescheit un weiß, was se nötig hat.

GÉRONTE Vorsicht, oh, bitte, Vorsicht.

LUCAS Ich machse bloß e bißchen mürbe, gnädcher Herr, daß se den Reschpekt kriegt, den se Sie schuldch is.

GÉRONTE Ja, aber Sie sollten es nicht so handhaben.

2

Valère, Géronte, Sganarelle, Lucas, Jacqueline.

VALÈRE Mein Herr, bereiten Sie sich vor, unser Arzt tritt auf.

GÉRONTE *zu Sganarelle*: Mein Herr, ich bin entzückt, Sie bei mir zu sehen, und wir bedürfen Ihrer sehr.

SGANARELLE Hippokrates sagt ... bedecken wir uns beide.

GÉRONTE Hippokrates sagt das?

SGANARELLE Ja.

GÉRONTE In welchem Kapitel, bitte sehr?

SGANARELLE In seinem Kapitel ... von den Hüten.

GÉRONTE Wenn Hippokrates es sagt, muß es gemacht werden.

SGANARELLE Herr Doktor, erfahren habend die wunderbaren Dinge ...

GÉRONTE Mit wem sprechen Sie, bitte?

SGANARELLE Mit Ihnen.

GÉRONTE Ich bin kein Arzt.

SGANARELLE Sie sind kein Arzt.

GÉRONTE Nein, wirklich nicht.

SGANARELLE Im Ernst.

GÉRONTE Im Ernst.

Sganarelle prügelt ihn.

Ah ah ah.

SGANARELLE Jetzt sind Sie Arzt. Ich habe nie anders promoviert.

GÉRONTE Welchen Teufel von einem Menschen habt ihr mir ins Haus gebracht.

VALÈRE Ich habe Ihnen gesagt, er ist Arzt und Spaßmacher.

GÉRONTE Ja, und ich werde ihn an die Luft setzen mit seiner Spaßmacherei.

LUCAS Das müssn Se nich ernst nehm, Herr, das is bloß komisch.

GÉRONTE Diese Komik gefällt mir nicht.

SGANARELLE Mein Herr, ich bitte Sie um Verzeihung, daß ich so frei war.

GÉRONTE Mein Herr, ich bin Ihr Diener.

SGANARELLE Es tut mir leid.

GÉRONTE Das ist nichts.

SGANARELLE Um die Stockschläge.

GÉRONTE Keine Ursache.

SGANARELLE Die ich die Ehre hatte, Ihnen zu applizieren.

GÉRONTE Sprechen wir nicht mehr davon, mein Herr. Ich habe eine Tochter, die einer seltsamen Krankheit verfallen ist.

SGANARELLE Ich bin entzückt, mein Herr, daß Ihre Tochter meiner bedarf, und ich wünschte mit ganzem Herzen, daß Sie selbst und Ihre ganze Familie meiner bedürfen, damit ich bezeugen könnte meine Lust, Ihnen zu dienen.

GÉRONTE Ich bin Ihnen verbunden für diese Gesinnung.

SGANARELLE Ich versichre Sie, daß sie von Herzen kommt.

GÉRONTE Zu viel der Ehre, die Sie mir erweisen.

SGANARELLE Wie heißt Ihre Tochter.

GÉRONTE Lucinde.

SGANARELLE Lucinde. Ah, schöner Name zum Verarzten. Lucinde.

GÉRONTE Ich will nachsehen, was sie tut.

SGANARELLE Wer ist dieses große Weib da.

GÉRONTE Das ist die Amme von einem kleinen Kind von mir.

SGANARELLE Pest. Ist das ein hübsches Möbel. Ah, Amme, reizende Amme, meine Medizin ist die untertänigste Sklavin Ihrer Ammenschaft, und ich wollte, ich wäre der selige Säugling, der die Milch Ihrer Gewogenheiten trinkt. *Legt seine Hand auf ihre Brust.* All meine Arznei, all meine Wissenschaft, all meine Kapazität steht Ihnen zu Diensten und ...

LUCAS Wenn Se nischt dagegen ham, Herr Dokter, lassen Se, bittescheen, meine Frau vrlleicht in Ruhe.

SGANARELLE Was. Das ist Ihre Frau.

LUCAS Ja.

SGANARELLE Ah wirklich, ich wußte das nicht, und es freut mich für den einen und für den anderen, weil ich euch beide liebe. *Umarmt Jacqueline.*

LUCAS *zieht ihn weg*: Sachte, wenn ich bitten darf.

SGANARELLE Ich versichre Sie, ich bin entzückt, euch gepaart zu sehen. Ich gratuliere Ihnen zu einem Mann wie Sie und gratuliere Ihnen zu einer Frau, die so schön ist, so verständig und so gut gewachsen.

LUCAS *zieht ihn wieder weg*: Eh Kotzdonner. Sie wern entschuldchen, mein Herr, hörn Se bitte auf mit Ihre Komplimente.

SGANARELLE Wollen Sie nicht, daß ich mich freue mit Ihnen über eine so schöne Paarung.

LUCAS Mit mir solange Se Lust ham, aber mit meiner Frau könn Se die Zeremonie abkürzen.

SGANARELLE *küßt die Amme*: Wenn ich Sie küsse, um Ihnen meine Freude zu bezeugen, *küßt die Amme*, küsse ich Sie ebenfalls, um sie auch Ihnen zu bezeugen. Ich nehme den gleichen Anteil an Ihrer beider Glück.

LUCAS *zieht ihn heftig weg*: Himmelkreiz, Herr Dokter, nu is Schluß mit de Faxen.

3

Géronte, Sganarelle, Lucas, Jacqueline.

GÉRONTE Mein Herr, meine Tochter wird gleich hier sein, man bringt sie Ihnen.

SGANARELLE Ich erwarte sie, mein Herr, mit der gesamten Medizin.

GÉRONTE Wo ist sie.

SGANARELLE *tippt sich an die Stirn*: Hier.

GÉRONTE Sehr wohl.

SGANARELLE Aber da ich an Ihrer ganzen Familie interessiert bin, muß ich eine Probe nehmen von der Milch Ihrer Amme und ihre Brüste visitieren ...

LUCAS *zieht ihn weg und dreht ihn ein paarmal*: Nischte, nischte. Wir ham keen Bedarf.

SGANARELLE Der Arzt hat von Amts wegen die Pflicht, die Brüste der Ammen zu sehen.

LUCAS Pflicht hin und Pflicht her, ich bin Ihr Diener.

SGANARELLE Hast du die Stirn, dich dem Arzt zu widersetzen. Hinaus.

LUCAS Ich pfeif drauf.

SGANARELLE Ich verordne dir das Fieber.

JACQUELINE *dreht Lucas herum*: Mach du dich nur weg hier. Bin ich nicht groß genug, daß ich mich allein zur Wehr setz, wenn er mir was tut, was nicht angängig wär.

LUCAS Ich will nich, daß er dich angrabscht, ich ...

SGANARELLE Pfui, der Knicker, der eifersüchtig ist auf seine Frau.

GÉRONTE Hier kommt meine Tochter.

4

Lucinde, Géronte, Sganarelle, Valère, Lucas, Jacqueline.

SGANARELLE Ist das die Kranke.

GÉRONTE Ja, ich habe nur diese einzige Tochter, und ich hätte allen Schmerz der Welt, wenn sie stürbe.

SGANARELLE Sie soll sich hüten. Sie darf nicht sterben ohne ärztliche Verordnung.

GÉRONTE Los, einen Stuhl.

SGANARELLE Eine Kranke, die nicht abstoßend ist, und ich glaube, daß ein Mann von guter Gesundheit durchaus mit ihr übereinkommen könnte.

GÉRONTE Sie haben sie zum Lachen gebracht.

SGANARELLE Um so besser. Wenn der Arzt den Kranken zum Lachen bringt, ist das ein gutes Zeichen. Nun, was. Worum handelt es sich. Was haben Sie. Wo fehlt es.

LUCINDE Hang hing hong hang.

SGANARELLE Äh, was sagen Sie.

LUCINDE Hang hing hong hang hing hong.

SGANARELLE Was ...

LUCINDE Hang hing hong.

SGANARELLE Hang hing hong. Ah, ich verstehe Sie nicht. Was ist das für eine teuflische Sprache.

GÉRONTE Mein Herr, es ist ihre Krankheit. Sie ist stumm geworden, ohne daß man die Ursache entdeckt hat bis heute, und dies ist ein Umstand, der ihre Heirat aufgeschoben hat.

SGANARELLE Und wieso.

GÉRONTE Der, den sie heiraten soll, will ihre Heilung abwarten, bevor er zum Abschluß kommt.

SGANARELLE Und wer ist der Trottel, der nicht will, daß seine Frau stumm ist. Wollte Gott, meine hätte diese Krankheit. Ich würde mich hüten, sie zu heilen.

GÉRONTE Jedenfalls, mein Herr, bitten wir Sie, keine Mühe zu scheuen, damit sie von ihrem Übel befreit wird.

SGANARELLE Ah, machen Sie sich keine Sorgen. Sagen Sie mir etwas: Verursacht das Übel ihr starke Beklemmungen.

GÉRONTE Ja, mein Herr.

SGANARELLE Um so besser. Fühlt sie große Schmerzen.

GÉRONTE Sehr große.

SGANARELLE Das ist sehr gut. Geht sie, Sie wissen, wohin?

GÉRONTE Ja.

SGANARELLE Reichlich.

GÉRONTE Davon verstehe ich nichts.

SGANARELLE Ist die Materie ordentlich.

GÉRONTE Ich kenne mich in solchen Dingen nicht aus.

SGANARELLE Geben Sie mir Ihren Arm. Hier ist ein Puls, der anzeigt, daß Ihre Tochter stumm ist.

GÉRONTE Ja, mein Herr, das ist ihre Krankheit. Sie haben sie auf Anhieb erkannt.

SGANARELLE Aha.

JACQUELINE Sehen Sie, er hats gleich erraten.

SGANARELLE Wir großen Ärzte, wir kommen den Dingen sofort auf den Grund. Ein Ignorant wäre in Verlegenheit geraten und hätte Ihnen gesagt, es ist dies, es ist jenes. Aber ich treffe ins Schwarze auf Anhieb und teile Ihnen mit, daß Ihre Tochter stumm ist.

GÉRONTE Ja, aber ich hätte gern, daß Sie sagen könnten, woher das kommt.

SGANARELLE Nichts ist leichter. Das kommt davon, daß sie die Sprache verloren hat.

GÉRONTE Sehr gut, aber der Grund, bitte, aus dem sie die Sprache verloren hat.

SGANARELLE Alle unsere besten Autoren werden Ihnen sagen: es ist die Behinderung der Tätigkeit der Zunge.

GÉRONTE Gewiß, aber was halten Sie von dieser Behinderung der Tätigkeit ihrer Zunge.

SGANARELLE Aristoteles sagt darüber ... sehr viel Schönes.

GÉRONTE Ich glaube es.

SGANARELLE Ah, das war ein großer Mann.

GÉRONTE Ohne Zweifel.

SGANARELLE Ein großer Mann ganz und gar. Der größer war als ich um so viel. *Hebt den Arm bis zum Ellbogen.* Um also auf unsere Untersuchung zurückzukommen, ich behaupte, daß diese Behinderung der Tätigkeit ihrer Zunge verursacht ist durch gewisse Säfte, die wir unter uns Gelehrten pikante Säfte nennen. Pikante, das bedeutet ... pikante Säfte, um so mehr als die Dämpfe, gebildet durch die Ausströmung der Einflüsse, die aufsteigen in der Region der Krankheiten, einwirken sozusagen ... auf ... verstehen Sie Latein?

GÉRONTE In keiner Weise.

SGANARELLE Sie verstehen nicht Latein?

GÉRONTE Nein.

SGANARELLE Capricias. Arci thuram, catalamus, singulariter, nurminativo haec Musa, die Muse, bonus, bona, tonum. Deus sanctus, estne oratio latinas? Stiam, ja. Quare, warum. Quia substantiv et adjectivum condordat in generi; numerum, et casus.

GÉRONTE Ach, hätte ich studiert.

JACQUELINE Ist das ein gelehrter Mann.

LUCAS Ja, das is so scheen, daß ich nischt versteh.

SGANARELLE Nun aber: Diese Dämpfe, von denen ich spreche, wenn sie aus der linken Seite, wo die Leber liegt, in die rechte Seite wandern, wo das Herz liegt, geschieht es, daß die Lunge, die wir Lateiner armyan nennen, als welche mit dem Gehirn, griechisch nasmus genannt, vermittels der Hohlvene, die wir hebräisch cubile nennen, unterwegs den besagten Dämpfen begegnet, welche die Ventrikel des Schulterblatts füllen, und weil die besagten Dämpfe ... beachten Sie diese Beweisführung, ich bitte Sie ... und weil die besagten Dämpfe eine gewisse Bösartigkeit haben, hören Sie genau zu, ich beschwöre Sie ...

GÉRONTE Ja.

SGANARELLE Eine gewisse Bösartigkeit haben, deren Ursache ... merken Sie auf, ich bitte Sie.

GÉRONTE Ich tue es.

SGANARELLE Deren Ursache die Beize der Dämpfe, die in der Konkavität des Zwerchfells erzeugt werden, geschieht es, daß diese Dämpfe ... Ossabandus, nequeis, nequer, potarinum, quipsa milus. Und das genau macht, daß Ihre Tochter stumm ist.

JACQUELINE Ah, ist das gut gesagt, Mann.

LUCAS Warum hab ich nich so e fichelantes Maulwerk.

GÉRONTE Kein Zweifel, man kann nicht genauer untersuchen. Da ist nur eine Sache, die mich gestört hat: Die Placierung der Leber und des Herzens. Mir scheint, Sie geben Ihnen eine andere Placierung als sie haben und daß das Herz auf der linken und die Leber auf der rechten Seite ist.

SGANARELLE Ja, das war früher so, aber wir haben das alles geändert, und wir betreiben die Medizin jetzt nach einer ganz neuen Methode.

GÉRONTE Das ist es, was ich nicht wußte, und ich bitte Sie um Verzeihung für meine Unwissenheit.

SGANARELLE Es macht nichts. Sie sind nicht verpflichtet, so gelehrt zu sein wie wir.

GÉRONTE Gewiß. Aber, mein Herr, was glauben Sie, wäre zu tun gegen diese Krankheit.

SGANARELLE Was ich glaube, was zu tun wäre.

GÉRONTE Ja.

SGANARELLE Mein Rat ist, daß man sie wieder ins Bett legt und ihr als Arznei gibt Weißbrot mit viel, sehr viel Wein getränkt.

GÉRONTE Warum das, mein Herr?

SGANARELLE Weil es in der Mischung von Wein und Weißbrot eine sympathische Eigenschaft gibt, die redselig macht. Wissen Sie nicht, daß man den Papageien nichts anderes gibt und sie sprechen lernen, indem sie es essen.

GÉRONTE Das ist wahr. Ah der große Mann. Schnell, viel Weißbrot und sehr viel Wein.

SGANARELLE Ich werde gegen Abend nachsehen, in welchem Zustand sie ist. *Zu Jacqueline*: Warten Sie. *Zu Géronte*: Mein Herr, diese Amme, ich muß sie einer kleinen Kur unterziehen.

JACQUELINE Wen? Mich? Ich habe die beste Gesundheit von der Welt.

SGANARELLE Um so schlimmer, Amme, um so schlimmer. Diese große Gesundheit ist zu fürchten, und es wird nicht schlecht sein, wenn ich Ihnen irgendeinen kleinen liebevollen Aderlaß und irgendein kleines sanftes Klistier verabfolge.

GÉRONTE Aber, mein Herr, das ist eine Methode, die ich nicht verstehe. Warum zur Ader lassen, wenn man keine Krankheit hat.

SGANARELLE Macht nichts, die Methode ist heilsam, und wie man trinkt für den zukünftigen Durst, soll man auch zur Ader lassen für die zukünftige Krankheit.

JACQUELINE Ach was, ich will aus meinem Leib keine Apotheke machen.

SGANARELLE Sie widersetzen sich der Medizin. Aber wir werden Sie der Vernunft zu unterwerfen wissen. *Zu Géronte*: Ich empfehle mich.

GÉRONTE Warten Sie, bitte.

SGANARELLE Was wollen Sie.

GÉRONTE Ihnen Geld geben, mein Herr.

Sganarelle hält hinter dem Rücken die Hand auf, während Géronte seine Börse öffnet.

SGANARELLE Ich werde keins nehmen, mein Herr.

GÉRONTE Mein Herr ...

SGANARELLE Auf keinen Fall.

GÉRONTE Einen Augenblick.

SGANARELLE In keiner Weise.

GÉRONTE Ich bitte Sie.

SGANARELLE Sie scherzen.

GÉRONTE Es ist gleich geschehen.

SGANARELLE Es wird nicht geschehen.

GÉRONTE Eh.

SGANARELLE Ich arbeite nicht um des Geldes willen.

GÉRONTE Ich glaube es.

SGANARELLE *nimmt das Geld*: Ist es echt.

GÉRONTE Ja, mein Herr.

SGANARELLE Ich bin kein käuflicher Arzt.

GÉRONTE Ich weiß es wohl.

SGANARELLE Mich leitet nicht der Eigennutz.

GÉRONTE Das kommt mir nicht in den Sinn. *Ab.*

5

Léandre, Sganarelle.

SGANARELLE Das geht nicht schlecht, und wenn man nur...

LÉANDRE Mein Herr, ich warte auf Sie schon eine ganze Weile, und ich komme, Ihren Beistand zu erflehen.

SGANARELLE *fühlt ihm den Puls*: Das ist ein sehr schlechter Puls.

LÉANDRE Ich bin nicht krank, mein Herr, und es ist nicht deshalb, daß ich zu Ihnen komme.

SGANARELLE Wenn Sie nicht krank sind, warum zum Teufel sagen Sie es nicht.

LÉANDRE Nein. Um Ihnen die Sache mit zwei Worten zu sagen: Mein Name ist Léandre, der verliebt ist in Lucinde, die Sie soeben untersucht haben, und da durch das Übelwollen ihres Vaters jeder Zugang zu ihr mir verwehrt ist, wage ich die Bitte, daß Sie meiner Liebe förderlich sind und mir Gelegenheit geben, einen Plan auszuführen, den ich erfunden habe, damit ich ihr zwei Worte sagen kann, wovon absolut abhängen mein Glück und mein Leben.

SGANARELLE Für wen halten Sie mich. Was. Sie wagen sich an mich zu wenden, damit ich Ihrer Liebe förderlich bin, und erniedrigen die Würde eines Arztes zu Handlangerdiensten solcher Art.

LÉANDRE Mein Herr, machen Sie keinen Lärm.

SGANARELLE Ich will Lärm machen. Sie sind ein schamloser Mensch.

LÉANDRE Eh, mein Herr, langsam.

SGANARELLE Ein Verirrter.

LÉANDRE Ich flehe Sie an.

SGANARELLE Sie werden erfahren, daß ich nicht der Mann bin für dergleichen und daß es der Gipfel der Unverschämtheit ist...

LÉANDRE *zieht seine Börse*: Mein Herr...

SGANARELLE Mich mißbrauchen zu wollen... *Sieht und nimmt die Börse.* Ich spreche nicht von Ihnen. Sie sind ein Mensch mit Anstand, und ich werde entzückt sein,

Ihnen zu helfen. Aber es gibt gewisse Frechlinge, die daherkommen und halten die Leute für das, was sie nicht sind, und ich gestehe Ihnen, daß so etwas mich in Wut bringt.

LÉANDRE Ich bitte Sie, mein Herr, mir die Freiheit zu verzeihen, die ich ...

SGANARELLE Sie scherzen. Worum handelt es sich.

LÉANDRE Sie müssen wissen, mein Herr, daß diese Krankheit, die Sie kurieren wollen, eine vorgetäuschte Krankheit ist. Die Ärzte haben sie reichlich abgehandelt und nicht versäumt den Grund zu finden, der eine im Gehirn, der andre in den Eingeweiden, der andre in der Milz, der andre in der Leber, und doch ist die Liebe der einzig wahre Grund, und Lucinde hat diese Krankheit nur erfunden, um sich einer Heirat zu entziehen, die ihr lästig ist. Aber ziehen wir uns zurück, damit man uns nicht zusammen sieht, und unterwegs will ich Ihnen sagen, was ich von Ihnen erwarte.

SGANARELLE Gehen wir, mein Herr. Sie haben in mir für Ihre Liebe eine Sympathie geweckt, die über allen Begriff geht. Und wenn meine ganze Medizin draufgeht, entweder die Kranke krepiert, oder sie wird die Ihre sein.

III

1

Léandre, Sganarelle.

LÉANDRE Mir scheint, ich kann als Apotheker auftreten, und da der Vater mich kaum gesehen hat, sind Kleid und Perücke hinreichend, mich ihm unkenntlich zu machen.

SGANARELLE Ohne Zweifel.

LÉANDRE Ich brauchte nur ein paar große medizinische Vokabeln, damit ich meine Rede schmücken und mir das Ansehen eines Gelehrten geben kann.

SGANARELLE Gehen Sie, gehen Sie. Das alles ist nicht nötig, das Kleid genügt, und ich weiß nicht mehr als Sie.

LÉANDRE Wie.

SGANARELLE Der Teufel soll mich holen, wenn ich etwas von der Medizin verstehe. Sie sind ein Mensch mit Anstand, und ich will mich Ihnen anvertrauen, wie Sie sich mir anvertraut haben.

LÉANDRE Was. Sie sind nicht...

SGANARELLE Nein, sage ich Ihnen, sie haben mich gegen meinen Willen zum Arzt gemacht. Ich war nie darauf aus, gelehrt zu sein, und mein ganzes Studium ging bis zur ersten Klasse. Ich weiß nicht, woher sie den Einfall hatten, aber als ich sah, sie wollten mit Gewalt, daß ich Arzt bin, habe ich mich entschlossen, es zu sein auf ihre Gefahr. Es ist allerdings nicht zu glauben, wie der Irrtum sich ausgebreitet hat und wie jeder darauf versessen ist, mich für einen Gelehrten zu halten. Man holt mich von allen Seiten, und wenn das so weitergeht, habe ich die Absicht, mich an die Medizin zu halten für den Rest meines Lebens. Ich finde, sie ist der beste aller Berufe, denn ob man es richtig oder falsch macht, man kriegt immer das gleiche Geld. Die Pfuscharbeit kommt nie auf unsern Rücken, und der Stoff, den wir bearbeiten, läßt sich schneidern, wie es uns gefällt. Ein Schuster, wenn er ein Stück Leder verhunzt, zahlt die Spesen, aber wir können einen Menschen verhunzen, und es kostet nichts. Schnitzer gibt es bei uns nicht, und schuld ist immer, wer stirbt. Überhaupt ist das Gute in diesem Beruf, daß die Toten so ausnehmend diskret und anständig sind, nie beklagt sich einer über den Arzt, der ihn getötet hat.

LÉANDRE Es ist wahr, daß die Toten in diesem Punkt sehr anständige Menschen sind.

SGANARELLE Da kommen Leute, die so aussehen, als wollten die mich konsultieren. Erwarten Sie mich vor dem Haus Ihrer Geliebten.

2

Thibaut, Perrin, Sganarelle.

THIBAUT Mein Herr, wir kommen Sie holen, mein Sohn Perrin und ich.

SGANARELLE Was gibts.

THIBAUT Seine arme Mutter, die Pierette heißt, ist im Bett und krank schon sechs Monate.

SGANARELLE Was kann ich dafür.

THIBAUT Ich möchte, mein Herr, daß Sie uns eine kleine Teufelei geben, daß sie kuriert wird.

SGANARELLE Man müßte wissen, wovon sie krank ist.

THIBAUT Sie ist krank an einem wäßrigen Humor, mein Herr.

SGANARELLE Am Humor.

THIBAUT Ja, sie ist überall geschwollen, und man sagt, das ist von zuviel seriöser Feuchtigkeit, die sie im Leib hat, und weil ihre Leber, ihr Bauch oder ihre Milz oder wie Sie es nennen wollen, anstatt daß es Blut macht, macht es nur noch Wasser. Von zwei Tagen einen hat sie das Monatsfieber, mit Müdigkeit und Wehen in den Beinmuscheln. Man hört in ihrer Gurgel Schleimerei, daß man denkt, sie wird ersticken, und manchmal kommen die Synkopen und die Konvertiten über sie, daß wir denken, sie ist hin. Wir haben in unserm Dorf einen Apotheker, mit Respekt gesagt, der ihr eingegeben hat ich weiß nicht wieviel Geschichten, und es kommt mich mehr als ein halb Dutzend gute Goldtaler an, mit Erlaubnis, Einläufen, an Tumoren, die man sie hat einnehmen lassen, an Infektionen aus Kamille und an herzstärkender Kränkung. Aber das alles, wie man sagt, war gehupft wie gesprungen. Er wollte ihr von einer gewissen Droge geben, die sich nennt Brechwein, aber da hatte ich Angst, ehrlich gesprochen, daß es ihr den Garaus macht, denn man sagt, diese starken Doktoren töten ich weiß nicht wieviel Leute mit dieser neuen Erfindung.

SGANARELLE *hält die Hand auf*: Kommen wir zur Sache, mein Freund, kommen wir zur Sache.

THIBAUT Die Sache ist, mein Herr, daß wir alle beide Sie bitten kommen, daß Sie uns sagen, was wir machen solln.

SGANARELLE Ich verstehe Sie ganz und gar nicht.

PERRIN Herr Doktor, meine Mutter ist krank, und hier sind zwei Goldstücke für Sie, daß Sie uns irgendeine Medizin geben.

SGANARELLE Ah, Sie verstehe ich, Sie. Das ist ein Junge, der sich klar ausdrückt, wie es sich gehört. Sie sagen, daß Ihre Mutter das Wasser hat, daß sie geschwollen ist am ganzen Leib, daß sie Fieber hat, schmerzhafte Beinmuscheln und daß sie Konvulsionen und Ohnmachten hat.

PERRIN Ja, Herr Doktor, das ist genau das.

SGANARELLE Ich habe Sie sofort verstanden. Sie haben einen Vater, der nicht weiß was er sagt. Und jetzt wollen Sie von mir eine Medizin.

PERRIN Ja, Herr Doktor.

SGANARELLE Eine Medizin, die sie gesund macht.

PERRIN Ja, so meinen wirs.

SGANARELLE Hier ist ein Stück Käse, das Sie ihr eingeben müssen.

PERRIN Käse, Herr Doktor?

SGANARELLE Ja, es ist ein präparierter Käse. In ihm ist

Gold enthalten, Koralle und Perlen und eine Menge anderer Wertsachen.

PERRIN Herr Doktor, wir sind Ihnen sehr verbunden und werden es ihr gleich eingeben.

SGANARELLE Gehen Sie nur. Wenn sie stirbt, so versäumen Sie nicht, sie begraben zu lassen so teuer wie möglich.

3

Jacqueline, Sganarelle, Lucas.

SGANARELLE Hier kommt die schöne Amme. Ah, Amme meines Herzens, diese Begegnung entzückt mich, und Ihr Anblick ist der Rhabarber, die Kassia und das Sennesblatt, das die ganze Melancholie meiner Seele abführt.

JACQUELINE Meiner Treu, Herr Doktor, das ist viel zu schön gesagt für mich, und ich versteh nichts von Ihrem Latein.

SGANARELLE Werden Sie krank, ich bitte Sie, werden Sie krank, tun Sie mir die Liebe. Ich werde alle Wonnen der Welt empfinden, wenn ich Sie gesund mache.

JACQUELINE Zu Diensten, mir wärs lieber, wenn man mich nicht gesund macht.

SGANARELLE Wie ich Sie bedaure, schöne Amme, einen so eifersüchtigen und lästigen Mann zu haben.

JACQUELINE Was wollen Sie, mein Herr. Das ist die Buße meiner Fehltritte, und da wo die Ziege angebunden ist, muß sie auch grasen.

SGANARELLE Wie. Ein Rohling wie der. Ein Mensch, der Sie ständig beobachtet und der nicht will, daß man mit Ihnen spricht.

JACQUELINE Ach, Sie wissen noch nichts, und das ist nur eine kleine Probe seiner Schlechtigkeit.

SGANARELLE Ist es möglich, daß ein Mann eine Seele hat, niedrig genug, zu mißhandeln eine Person wie Sie. Ah, und ich kenne manchen und nicht weit von hier, der sich glücklich preisen würde, nur zu küssen die kleinsten

Spitzen Ihrer Brüste. Warum muß eine Person, so wohlgestaltet, gefallen sein in solche Hände. Warum muß ein wahres Tier, ein rohes Wesen, ein Blödian, ein Trottel, ein Schwachkopf ... vergeben Sie mir, Amme, wenn ich so rede von Ihrem Gatten.

JACQUELINE Eh, mein Herr, ich weiß wohl, daß er all diese Namen verdient hat.

SGANARELLE Ja, ohne Zweifel, er verdient sie. Und er verdiente, daß Sie ihm etwas auf den Kopf setzten zur Strafe für seine Verdächtigungen.

JACQUELINE Das ist wahr, wenn ich nur im Auge hätte, was ihm zukommt, es könnte mich zwingen auf seltsame Wege.

SGANARELLE Ja, es wäre nicht schlecht, sich zu rächen an ihm mit jemand. Er ist ein Mensch, sag ich Ihnen, der das wohl verdient, und wäre ich glücklich genug, schöne Amme, von Ihnen erwählt zu werden, um ...

Beide sehen Lucas, beide flüchten, der Arzt vergnüglich.

4

Géronte, Lucas.

GÉRONTE Lucas, hast du unsern Arzt hier nicht gesehen.

LUCAS Ja, bei allen Deibeln, ich habn gesehn un meine Frau auch.

GÉRONTE Wo kann er sein.

LUCAS Ich weeß nich, aber mir wärs recht, er wär beim Deibel.

GÉRONTE Geh und sieh nach meiner Tochter.

5

Sganarelle, Léandre, Géronte.

GÉRONTE Ah, mein Herr, ich fragte gerade nach Ihnen.

SGANARELLE Ich unterhielt mich damit, in Ihrem Hof den Überfluß des Getränks auszuscheiden. Wie befindet sich die Kranke.

GÉRONTE Ein wenig schlechter nach Ihrer Medizin.

SGANARELLE Um so besser. Das heißt, sie wirkt.

GÉRONTE Ja, aber an der Wirkung, fürchte ich, könnte sie ersticken.

SGANARELLE Machen Sie sich keine Sorgen, ich habe Arzneien, die über Leichen gehen, und ich warte nur auf die Agonie.

GÉRONTE Wer ist dieser Mensch da, den Sie mitbringen.

SGANARELLE *macht Zeichen*: Es ist...

GÉRONTE Was...

SGANARELLE Der...

GÉRONTE Wie...

SGANARELLE Welcher...

GÉRONTE Ich verstehe Sie.

SGANARELLE Ihre Tochter wird seiner bedürfen.

6

Lucinde, Géronte, Léandre, Jacqueline, Sganarelle.

JACQUELINE Mein Herr, da ist Ihre Tochter, sie will ein wenig gehn.

SGANARELLE Das wird ihr guttun. Gehen Sie, Herr Apotheker, ihren Puls ein wenig abzutasten, damit ich mit Ihnen über ihre Krankheit disputieren kann.
Sganarelle lenkt Géronte ab und spricht weiter:
Mein Herr, es ist eine große und subtile Frage unter uns Ärzten, ob die Frauen leichter zu kurieren sind als die Männer, hören Sie genau zu, bitte: Die einen sagen daß Nein, die andern sagen daß Ja und ich sage daß Ja und daß Nein, um so mehr als die Inkongruenz der trüben Säfte, kollidierend mit dem natürlichen Temperament der Frauen, die Ursache bildet dafür, daß der animalische Teil immer wieder den Teil der Empfindung zu beherrschen versucht, woraus folgt, daß die Ungleichheit ihrer Ansichten von der schiefen Bewegung des Mondzyklus abhängt, und da die Sonne ihre Strahlen auf die Konkavität der Erdkugel schleudert, erweist sich...

LUCINDE *zu Léandre*: Nein, in keinem Fall, ich kann mein Gefühl niemals ändern.

GÉRONTE Sieh da, meine Tochter. Sie spricht. Oh erhabene Wirkung der Medizin. Oh bewundernswerter Arzt. Wie ich Ihnen verbunden bin, mein Herr für diese Wunderheilung. Und was kann ich für Sie tun nach einem solchen Dienst.

SGANARELLE *spaziert herum auf dem Theater und wischt sich den Schweiß ab*: Das war eine Krankheit, die mir große Mühe gemacht hat.

LUCINDE Ja, mein Vater, ich habe die Sprache wiedergefunden. Aber ich habe sie wiedergefunden, um Ihnen zu sagen, daß ich niemals einen anderen Gatten haben werde als Léandre und daß Sie mir umsonst Horace aufnötigen.

GÉRONTE Aber ...

LUCINDE Nichts auf der Welt vermag den Entschluß zu erschüttern, den ich gefaßt habe –

GÉRONTE Was –

LUCINDE Sie werden mir vergebens Ihre besten Gründe entgegensetzen –

GÉRONTE Wenn –

LUCINDE All Ihre Reden werden nichts ausrichten –

GÉRONTE Ich –

LUCINDE Das ist eine Sache, in der mich nichts zu erschüttern vermag –

GÉRONTE Aber –

LUCINDE Keine väterliche Macht kann mich zwingen, zu heiraten gegen meine Neigung –

GÉRONTE Ich frage –

LUCINDE Sie können tun, was immer Sie wollen –

GÉRONTE Es –

LUCINDE Mein Herz wird sich nie beugen dieser Tyrannei –

GÉRONTE Die –

LUCINDE Und eher werde ich mich in ein Kloster werfen, als einen Mann heiraten, den ich nicht liebe –

GÉRONTE Aber –

LUCINDE Nein, in keiner Weise, nein, kein Wort mehr ... Sie verlieren Ihre Zeit ... ich werde es nicht tun ... Es ist beschlossen ...

GÉRONTE Ah, welch eine Sturzflut von Worten. Es gibt kein Mittel sie aufzuhalten. *Zu Sganarelle*: Mein Herr, ich bitte Sie, machen Sie sie wieder stumm.

SGANARELLE Das ist mir unmöglich. Alles was ich für Sie tun kann, ist, ich mache Sie taub, wenn Sie wollen.

GÉRONTE Ich bedanke mich. *Zu Lucinde*: Du meinst also –

LUCINDE Nein, all Ihre Gründe haben keine Macht über meine Seele.

GÉRONTE Du wirst Horace heiraten heute abend noch.

LUCINDE Eher heirate ich den Tod.

SGANARELLE Mein Gott, hören Sie auf, lassen Sie mich die Sache medizinisch angehn. Sie hat eine Krankheit im Leib, und ich weiß das Mittel, das Erleichterung schafft.

GÉRONTE Wäre es möglich, mein Herr, daß Sie auch diese Geisteskrankheit heilen können.

SGANARELLE Ja, lassen Sie mich machen, ich habe Mittel für alles, und unser Apotheker wird uns bei dieser Kur sehr dienlich sein. *Zu Léandre*: Auf ein Wort. Sie sehen, daß ihre Leidenschaft für diesen Léandre ganz entgegensteht dem Willen des Vaters und daß keine Zeit zu verlieren ist; daß die Temperamente sehr erhitzt sind und daß ein schnelles Mittel gegen dieses Übel gefunden werden muß, das sich verschlimmern könnte, wenn man Zeit verliert. Was mich angeht, ich sehe nur eines: eine fluchtartige Abführung, welche Sie nach Gebühr vermischen müssen mit zwei Gran Matrimonium zu einer Pille. Vielleicht wird sie sich ein wenig sperren gegen dieses Mittel, aber da Sie ein in seinem Beruf geschickter Mann sind, ist es Ihre Sache, sie zu überzeugen und das Ding schlucken zu lassen wie sie kann. Gehen Sie jetzt und führen Sie sie ein wenig im Garten spazieren, um sie einzustimmen, während ich hier ihren Vater unterhalte, aber vor allem verlieren Sie keine Zeit. Das Mittel, schnell. Das spezifische Mittel.

7

Géronte, Sganarelle.

GÉRONTE Was sind das für Drogen, mein Herr, die Sie genannt haben. Mir scheint, ich habe nie davon gehört.

SGANARELLE Das sind Drogen, deren man sich in dringenden Fällen bedient.

GÉRONTE Haben Sie je eine Widersetzlichkeit gesehen, die der ihren gleicht.

SGANARELLE Die Mädchen sind manchmal ein wenig störrisch.

GÉRONTE Sie würden nicht glauben, wie sie verrückt ist nach diesem Léandre.

SGANARELLE Es ist die Hitze des Blutes, die solche Wirkungen hat in den jungen Gemütern.

GÉRONTE Was mich angeht, sobald ich die Gewalt dieser Liebe entdeckte, habe ich meine Tochter stets unter Verschluß gehalten.

SGANARELLE Sie haben weise gehandelt.

GÉRONTE Und habe zu verhüten gewußt, daß sie einander begegnen.

SGANARELLE Sehr richtig.

GÉRONTE Schlimmes wäre geschehen, wenn ich geduldet hätte, daß sie einander sehn.

SGANARELLE Ohne Zweifel.

GÉRONTE Und ich glaube, sie wäre das Mädchen gewesen, mit ihm durchzugehn.

SGANARELLE Das ist umsichtig gedacht.

GÉRONTE Man läßt mich wissen, daß er alles anstrengt sie zu sprechen.

SGANARELLE Der Schuft.

GÉRONTE Aber es wird vergebens sein.

SGANARELLE Aha.

GÉRONTE Und ich werde schon verhindern, daß er sie zu Gesicht bekommt.

SGANARELLE Er hat es mit keinem Schwachkopf zu tun, und Sie kennen da Kniffe, von denen er nichts ahnt. Schlauer als Sie ist der Dümmste nicht.

8

Lucas, Géronte, Sganarelle.

LUCAS Kotzdonner, das is e scheener Schlamassel. Ihre Tochter is mit Léandre durchgegangn. Der wars, der den Apotheker gemacht hat. Und hier der Dokter hat die Operation eingerührt.

GÉRONTE Was. Mich so zu töten. Schnell, ein Kommissar. Ah, Mörder. Ich werde Sie mit der Justiz strafen.

LUCAS Ah, auf Ehre, Herr Dokter. Sie wern aufgehängt. Rührn Se sich nich vom Fleck.

9

Martine, Sganarelle, Lucas.

MARTINE *zu Lucas*: Ah, welche Mühe, mein Gott, dieses Haus zu finden. Können Sie mir Nachricht geben von dem Arzt, den ich Ihnen empfohlen habe.

LUCAS Das is er. Aufgehängt wird er.

MARTINE Was. Mein Mann. Aufgehängt. Was hat er getan.

LUCAS Unsern Herrn seine Tochter hat er entführn lassn.

MARTINE Ach je, mein guter Mann. Ist es also wahr, daß du gehängt wirst.

SGANARELLE Du siehst es. *Ab.*

MARTINE Muß es sein, daß du vor allen Leuten stirbst.

SGANARELLE Weißt du was Besseres.

MARTINE Hättest du wenigstens unser Holz fertig gehackt. Ich hätte einen kleinen Trost.

SGANARELLE Verschwinde, du spaltest mir das Herz.

MARTINE Nein, ich will bleiben und dir sterben helfen, und ich verlasse dich nicht, eh ich dich hängen sehe.

SGANARELLE Ah.

10

GÉRONTE *zu Sganarelle*: Der Kommissar wird bald hier sein, und man wird Sie an einen Ort bringen, wo Sie mir sicher sind.

SGANARELLE Ah, läßt sich das nicht ummünzen in ein paar Stockschläge.

GÉRONTE Nein, nein. Darüber befindet die Justiz. Aber was sehe ich.

11

Géronte, Léandre, Lucinde, Sganarelle, Lucas, Martine.

LÉANDRE Mein Herr, Léandre selbst erscheint vor Ihnen und gibt Lucinde in Ihre Macht zurück. Wir hatten den Plan beide, zu fliehen und uns verheiraten zu lassen; jedoch hat diese Absicht einem anständigeren Vorsatz stattgegeben. Ich strebe nicht danach, Ihre Tochter Ihnen zu stehlen, und nur aus Ihrer Hand will ich sie empfangen. Was ich Ihnen sagen werde, mein Herr, ist, daß ich soeben Briefe empfing, die mich davon unterrichten, daß mein Onkel tot ist und ich Alleinerbe all seiner Güter bin.

GÉRONTE Mein Herr, Ihre Tugend erscheint mir höchst respektabel, und ich gebe Ihnen meine Tochter mit dem größten Vergnügen.

SGANARELLE Die Medizin ist noch einmal davongekommen.

MARTINE Da du nicht aufgehängt wirst, bedanke dich bei mir, daß du Arzt bist, denn ich bin es, die dir zu der Ehre geholfen hat.

SGANARELLE Ja, du bist es, die mir zu ich weiß nicht wieviel Stockschlägen geholfen hat.

LÉANDRE Der Erfolg ist so schön, daß Sie es nicht nachtragen sollten.

SGANARELLE Gut. *Zu Martine*: Ich verzeihe dir die Stockschläge für die Würde, zu der du mich erhoben hast; aber sei bereit von nun an zu größtem Respekt vor einem Mann meiner Bedeutung und bedenke, der Zorn eines Arztes ist furchtbarer, als man glaubt.

Lu Hsün
DER MISANTHROP

I

Meine Freundschaft mit Wei Lien war gewiß eine sonderbare Freundschaft. Sie begann mit einem Begräbnis und endete mit einem Begräbnis. Als ich in der Stadt S. wohnte, hörte ich oft von ihm sprechen als von einem sonderbaren Menschen. Nachdem er Zoologie studiert hatte, war er an einer Mittelschule Geschichtslehrer geworden. Zu anderen war er immer höflich, liebte es jedoch, sich um ihre Angelegenheiten zu kümmern. Er behauptete, das Familiensystem müßte abgeschafft werden, aber er schickte sein Gehalt, sobald er es bekommen hatte, seiner Großmutter. Und es gab bei ihm noch andere Widersprüche. Genug, dem Klatsch in S. Nahrung zu geben.

Einmal im Herbst hielt ich mich mit einigen entfernten Verwandten von ihm, die auch Wei hießen, in Hanshishan auf. Sie verstanden ihn noch weniger und betrachteten ihn als einen Fremden. »Er ist nicht wie wir«, sagten sie.

Das war nicht verwunderlich, denn obwohl China seit zwanzig Jahren moderne Schulen hatte, gab es in Hanshishan nicht einmal eine Elementarschule. Er war der einzige, der das Bergdorf verlassen hatte, um zu studieren, also in den Augen der Dorfbewohner ein ausgesprochener Narr. Aber sie beneideten ihn auch. Sie sagten, er hätte viel Geld gemacht.

Gegen Ende dieses Herbstes brach im Dorf eine Ruhrepidemie aus, und beunruhigt dachte ich daran, in die Stadt zurückzukehren. Ich hörte, auch seine Großmutter hätte sich die Krankheit zugezogen, und wegen ihres Alters sei ihr Fall ernst. Überdies war kein Arzt im Dorf. Wei hatte keine Verwandten außer dieser Großmutter, die mit ihrer Magd ein einfaches Leben führte. Da er seine Eltern verloren hatte, als er noch ein Kind war, hatte sie ihn aufgezogen. Es hieß, sie hätte früher Schweres durchgemacht. Aber nun lebte sie glücklich. Da er indessen weder Frau noch Kinder hatte, waren sie eine sehr stille Familie. Wiederum ein Grund, weshalb man ihn für närrisch hielt.

Das Dorf lag auf dem Landweg mehr als dreißig und auf

dem Wasserweg mehr als zwanzig Meilen von der Stadt entfernt, so daß man vier Tage gebraucht hätte, Wei zu holen. In diesem abgelegenen Dorf waren derartige Begebenheiten große Ereignisse, eifrig erörtert von allen. Am nächsten Tage hieß es, der Zustand der alten Frau sei kritisch und der Bote auf dem Weg. Gegen Abend starb sie. Ihre letzten Worte waren: »Warum laßt ihr mich meinen Enkel nicht sehen?«

Die Ältesten der Familie, entfernte Verwandte, Diener und andere drängten sich im Raum. Sie erwarteten Wei, der rechtzeitig zum Begräbnis eintreffen sollte. Sarg und Totenhemd waren bereit. Die große Schwierigkeit würde sein, mit dem Enkel fertig zu werden, denn man war sich klar darüber, daß er Änderungen der Begräbnisriten fordern würde. Nach einer Beratung legten sie drei Bedingungen fest, die er annehmen sollte: er müßte Trauerkleidung tragen; er müßte vor dem Sarg den Kotau machen (sich niederwerfen und den Boden dreimal mit der Stirn berühren); er müßte buddhistische Mönche oder taoistische Priester die Messe lesen lassen – kurz: alles mußte so geschehen, wie die Tradition es vorschrieb.

Nachdem diese Entscheidung getroffen war, beschlossen sie, vollzählig Weis Ankunft abzuwarten, dann bei der Verhandlung einander zu unterstützen und keine Zugeständnisse zu machen. Sich die Lippen leckend, erwarteten die Dorfbewohner die bevorstehenden Ereignisse. Wei, als ein »Moderner«, ein »Jünger fremder Glaubenslehren«, würde sich auf jeden Fall unvernünftig benehmen. Sicher würde ein Kampf stattfinden, der zum Skandal führen konnte.

Wie ich hörte, kam er am Nachmittag und verneigte sich, als er eintrat, lediglich vor dem Sarg seiner Großmutter. Sie gingen, dem Plan entsprechend, sogleich zum Angriff über und forderten ihn auf, in die Halle zu kommen. Nach einer langwierigen Vorrede kamen sie zur Sache. Sie redeten im Chor auf ihn ein und ließen ihm keine Möglichkeit, Einwände vorzubringen. Schließlich verstummten sie jedoch, und eine tiefe Stille herrschte in der Halle. Alle

blickten gespannt auf seine Lippen. Dann antwortete er, ohne eine Miene zu verziehen, ganz einfach: »Gut.«
Das kam völlig überraschend. Sie fühlten sich erleichtert, aber diese Antwort war wiederum so »närrisch«, daß sie Anlaß zu Besorgnis gab. Die neugierigen Dorfbewohner waren enttäuscht und sagten einer zum andern: »Seltsam, er sagt ›gut‹! Laßt uns gehn und abwarten!« Weis »gut« besagte, daß alles so geschehen würde, wie es die Tradition erforderte. Im Grunde lohnte es sich also nicht aufzupassen, doch wollten sie zusehen, und nach Dunkelwerden füllte sich die Halle mit fröhlichen Zuschauern.
Ich hatte ein Paket mit Kerzen und Weihrauchstäbchen geschickt und stand bei den Zuschauern. Als ich kam, war er schon dabei, die Tote zu bekleiden. Er war ein magerer Mann mit einem knochigen Gesicht, das durch sein wirres Haar, die dichten dunklen Augenbrauen und den Schnurrbart teilweise verdeckt war. Er bettete den Körper sehr sorgfältig, gewandt wie ein Fachmann. Die Zuschauer waren beeindruckt. Wie es dem Brauch entsprach, fanden die Verwandten Fehler, wenngleich alles richtig gemacht war. Er schwieg dazu und kam mit starrem Gesicht ihren Wünschen nach. Eine grauhaarige Alte, die neben mir stand, seufzte neidisch und respektvoll. Dann machten die Leute den Kotau und wehklagten, die Frauen singend. Als der Körper in den Sarg gelegt wurde, machten sie wieder den Kotau und wehklagten, bis der Deckel auf den Sarg genagelt war. Einen Augenblick lang herrschte Schweigen. Dann ging eine Bewegung durch die Menge, Überraschung und Unzufriedenheit. Auch mir fiel jetzt auf, daß Wei von Anfang bis Ende keine Träne vergossen hatte. Er saß still auf der Trauermatte, mit dunkelglühenden Augen.
In dieser Atmosphäre der Überraschung und Unzufriedenheit endete die Zeremonie. Die Trauergäste wandten sich murrend zum Gehen. Wei saß noch immer gedankenverloren auf der Matte.
Plötzlich weinte er und brach in eine lange Klage aus, wie ein verwundeter Wolf, heulend in der Wildnis, in der

toten Nacht, in Zorn und Trauer und Todesqual. Das entsprach nicht der Tradition. Wir waren überrascht und ratlos. Nach kurzem Zögern versuchten einige, ihn zum Schweigen zu bringen. Immer mehr kamen hinzu, bis schließlich eine Menge um ihn war. Aber er saß da, klagend, regungslos wie ein eisernes Standbild.

Betroffen von dem unerwarteten Ausgang zerstreute sich die Menge. Wei fuhr fort zu schreien, eine halbe Stunde lang, hörte dann plötzlich auf und ging, ohne ein Wort an die Leidtragenden, in die Innenräume. Später wurde berichtet, daß er sich in das Zimmer der Verstorbenen begeben, sich auf das Bett gelegt hätte und allem Anschein nach fest eingeschlafen sei.

Zwei Tage danach, am Tage meiner Rückkehr in die Stadt, hörte ich gegen Abend die Dorfbewohner aufgeregt darüber sprechen, daß Wei vorhabe, den größten Teil der Möbel und Besitztümer seiner verstorbenen Großmutter zu verbrennen und den Rest der Magd zu überlassen, die ihr, als sie lebte, zur Seite gestanden hatte und nun um sie trauerte. Sogar das Haus selbst wollte er für unbestimmte Zeit der Magd überlassen. Weis Verwandte redeten sich heiser, konnten ihn aber von seinem Entschluß nicht abbringen.

Mein Weg führte an seinem Haus vorbei. Ich trat ein, vielleicht nicht ganz frei von Neugier, um ihm mein Beileid auszusprechen. Er empfing mich in einem ungesäumten weißen Trauergewand, reserviert und kalt wie immer. Als ich ihm zuredete, es nicht so schwer zu nehmen, murmelte er eine unverbindliche Phrase und sagte nur: »Dank für Ihre Anteilnahme.«

II

Zu Beginn des Winters begegneten wir uns zum drittenmal. Es war in einem Buchladen in S., wo wir einander wie flüchtige Bekannte zunickten. Aber am Ende jenes Jahres, nachdem ich arbeitslos geworden war, wurden wir Freunde. Seitdem besuchte ich ihn oft. Zu Beginn unserer Freundschaft kam ich ihm noch nicht näher. Etwas später hörte ich, daß er sich mit kranken Hunden beschäftigte, was zu seiner gewöhnlichen Reserviertheit gar nicht paßte. Jedoch, das Glück ist unbeständig, nicht immer bleiben kranke Hunde krank, und so hatte er wenig feste Freunde. Der Bericht erwies sich als wahr. Er empfing mich sofort, als ich ihm meine Karte bringen ließ. Seine Wohnung bestand aus zwei miteinander verbundenen Räumen, die außer Tisch und Stühlen nichts enthielten als einige Bücherschränke. Wenngleich er als »modern« galt, sah ich bei ihm nur wenige moderne Bücher. Er wußte, daß ich ohne Arbeit war. Nachdem die üblichen höflichen Bemerkungen ausgetauscht waren, saßen wir schweigend und wußten einander nichts zu sagen. Ich bemerkte, daß er seine Zigarette sehr schnell aufrauchte. Als sie ihm fast die Finger verbrannte, ließ er sie einfach auf den Fußboden fallen.

»Nehmen Sie eine Zigarette«, sagte er, indem er selbst nach einer neuen griff.

So nahm auch ich eine Zigarette, rauchte und redete über Unterricht und Bücher, wußte aber immer noch wenig zu sagen. Gerade wollte ich aufbrechen, da hörte ich Rufe und Schritte hinter der Tür, und vier Kinder stürzten herein. Das älteste war acht oder neun, das kleinste vier, fünf Jahre alt. Ihre Kleidung, ihre Gesichter und Hände starrten von Schmutz, und sie sahen abstoßend aus, aber Weis Gesicht hellte sich auf. Er erhob sich, ging in den anderen Raum und sagte: »Kommt, Taliang, Erliang, kommt alle her! Ich habe die Mundharmonikas gekauft, die ihr euch gestern gewünscht habt.«

Die Kinder liefen ihm nach und kamen jedes mit einer Mundharmonika zurück. Aber kaum waren sie aus der Tür, begannen sie zu streiten, und eines schrie.

»Es ist eine genau wie die andere, ganz genau! Zankt euch nicht!« sagte er.
»Wessen Kinder sind das?« fragte ich.
»Des Hausbesitzers. Sie haben keine Mutter mehr, nur eine Großmutter.«
»Ihr Wirt ist Witwer?«
»Ja. Seine Frau starb vor drei oder vier Jahren, und er hat nicht wieder geheiratet. Sonst würde er nicht an einen Junggesellen wie mich vermieten.« Er sagte das mit einem kalten Lächeln.
Ich hätte ihn gern gefragt, warum er selbst so lange allein geblieben war, aber ich kannte ihn nicht gut genug.
Wenn man ihn näher kannte, war er ein guter Gesellschafter, voll von oft sehr bemerkenswerten Einfällen. Was mich störte, waren einige seiner Freunde. Sie bezeichneten sich, vermutlich, weil sie romantische Romane gelesen hatten, als »die jungen Unglücklichen« oder »die Ausgestoßenen«. Sich auf den Sesseln räkelnd wie träge und arrogante Krabben, seufzten sie, rauchten und runzelten die Stirn.
Dann waren da die Kinder des Hauswirts, die ständig miteinander stritten, sich um Teller und Schüsseln schlugen und um Kuchen bettelten, alles mit ohrenbetäubendem Lärm. Stets verflog bei ihrem Anblick Weis gewöhnliche Kälte, und er pries sie höher als sein eigenes Leben. Einmal hieß es, das dritte Kind hätte die Masern. Er war so verstört, daß sein dunkles Gesicht sich um einen Ton dunkler färbte. Der Anfall erwies sich jedoch als leicht, und danach machte sich die Großmutter der Kinder über seine Angst lustig.
»Kinder sind immer gut. Sie sind so unschuldig ...« So eröffnete er eines Tages das Gespräch, da er wohl spürte, daß ich ihn nicht verstand.
»Nicht immer«, sagte ich beiläufig.
»Immer. Kinder haben nicht die Fehler der Erwachsenen. Wenn sie später schlecht sind – und darauf wollen Sie ja wohl hinaus –, dann nur, weil sie von ihrer Umwelt so geformt wurden. Ursprünglich sind sie nicht böse, sondern unschuldig. Ich denke, das ist Chinas Hoffnung.«

»Ich denke nicht so. Wenn die Wurzel nicht schlecht wäre, so könnten sie nicht schlecht sein im späteren Leben. Nehmen Sie zum Beispiel ein Saatkorn: weil es die Blätter, Blüten und Früchte im Keim enthält, kann es sie hervorbringen. Es muß eine Grundlage dasein ...«

Seit ich arbeitslos war, hatte ich wie jene großen Beamten, die ihre Ämter aufgaben, um den Buddhismus zu studieren, buddhistische Schriften gelesen. Ich verstand den Buddhismus nicht und redete aufs Geratewohl.

Wei war ärgerlich. Er sah mich an und sagte nichts mehr. Ich wußte nicht, ob er nichts mehr zu sagen hatte oder ob er mich nicht für wert hielt, mir zu widersprechen. Jedenfalls blickte er wieder kalt, wie lange nicht, und rauchte schweigend zwei Zigaretten nacheinander. Als er nach der dritten griff, blieb mir nur der Rückzug. Unsere Entfremdung dauerte drei Monate. Dann, teils aus Vergeßlichkeit, teils, weil er mit jenen »unschuldigen« Kindern zerfallen war, fand er meine verächtlichen Bemerkungen über Kinder entschuldbar. So schien es jedenfalls.

Eines Tages, es war in meinem Hause, nachdem wir getrunken hatten, hob er mit einem traurigen Blick den Kopf und sagte: „Wenn man darüber nachdenkt, ist es wirklich seltsam. Auf dem Weg hierher sah ich ein kleines Kind. Es hatte ein Rohr in der Hand, richtete es auf mich und schrie: Jetzt bist du tot! Es hatte kaum gehen gelernt ...«

»Die Umwelt hat es geformt ...!«

Ich hatte das kaum gesagt, da tat es mir leid. Aber er schien nicht darauf zu achten, er fuhr fort, hastig zu trinken und zu rauchen.

»Ich möchte Sie etwas fragen«, sagte ich, um das Thema zu wechseln. »Sie gehen sonst nicht unter Menschen, warum sind Sie heute ausgegangen? Ich kenne Sie seit mehr als einem Jahr, aber dies ist das erstemal, daß Sie hier sind.«

»Ich wollte es Ihnen gerade sagen: Besuchen Sie mich bitte jetzt nicht. In meiner Wohnung hausen ein Vater und sein Sohn, die eine wahre Pest sind!«

»Vater und Sohn? Wer sind sie?« Ich war überrascht.
»Mein Vetter und sein Sohn. Der Sohn ist wie der Vater.«
»Ich nehme an, sie sind in die Stadt gekommen, um Sie zu besuchen und ein paar angenehme Tage zu verbringen.«
»Nein, sie kommen, um mich zu überreden, daß ich den Jungen adoptiere.«
»Was, den Jungen adoptieren?« rief ich erstaunt. »Sie sind doch nicht verheiratet.«
»Daß ich nicht heiraten will, wissen sie. Aber das ist ihnen gleich. Ihnen kommt es darauf an, das verfallene Haus im Dorf zu erben. Ich habe kein anderes Vermögen, wie Sie wissen. Wenn ich Geld bekomme, gebe ich es aus. Ich habe nur das Haus. Und sie haben nur den einen Gedanken, die alte Magd aus diesem Hause zu vertreiben.«
Sein Zynismus bestürzte mich. Ich wollte versuchen, ihn zu besänftigen, und sagte: »Ich kann nicht glauben, daß Ihre Verwandten so schlecht sind. Sie sind wohl nur altmodisch. Damals zum Beispiel, als sie Sie klagen hörten, eilten sie, Ihnen beizustehen.«
»Als ich Kind war und mein Vater starb und sie mir das Haus wegnehmen und mich zwingen wollten, mein Zeichen unter das Dokument zu setzen, da weinte ich auch. Und sie kamen eilig, um mir beizustehen.«
Er blickte auf, als stände ihm die Szene wieder deutlich vor Augen. »Das Schlimme ist, Sie haben keine Kinder! Warum haben Sie nicht geheiratet?« Ich hatte einen Weg gefunden, das Thema zu wechseln, und diese Frage hatte ich schon lange stellen wollen. Die Gelegenheit schien günstig.
Er sah mich überrascht an, blickte dann auf seine Knie und zündete sich eine Zigarette an. Ich bekam keine Antwort.

III

Aber nicht einmal dieses leere Leben ließ man ihn in Frieden hinbringen.

Bald brachten wenig angesehene Zeitungen anonyme Angriffe, wurden in den Schulen Gerüchte über ihn ausgestreut. Das war nicht mehr, wie früher, simpler Klatsch, sondern planmäßige Schädigung. Ich wußte, es war das Ergebnis der Aufsätze, die er für die Zeitschriften zu schreiben übernommen hatte, und so beachtete ich es weiter nicht. Die Bürger der Stadt S. haßten nichts so sehr wie vernünftige Argumente, und wer sich ihrer schuldig machte, wurde unweigerlich Zielscheibe heimlicher Angriffe. Das war die Regel, und auch Wei wußte es. Indessen überraschte es mich doch, als ich im Frühjahr hörte, daß er von der Schulbehörde aufgefordert worden sei, seine Stellung aufzugeben. Natürlich war das zu erwarten gewesen, und es überraschte mich auch nur, weil ich im stillen gehofft hatte, mein Freund würde so davonkommen. Die Bürger von S. zeigten sich nur so bösartig wie gewöhnlich.

Ich hatte damals mit eigenen Angelegenheiten zu schaffen. Ich stand in Verhandlungen mit einer Schule in Shanyang, wo ich im Herbst anfangen wollte, und fand keine Zeit, ihn aufzusuchen. Etwa drei Monate vergingen, bis ich zur Ruhe kam, und auch dann vergaß ich ihn zunächst. Eines Tages, als ich die Hauptstraße entlangging, blieb ich zufällig vor einem Antiquariat stehen. Ich erschrak, als ich eine frühe Ausgabe der »Kommentare zur Geschichte Ssuma Chiens« aus Weis Bibliothek ausgestellt sah. Er war zwar kein Kenner, aber er liebte Bücher, und ich wußte, er schätzte diesen seltenen Band. Er mußte sehr in Not sein, daß er ihn verkauft hatte. Daß er nach zwei oder drei Monaten Arbeitslosigkeit schon so arm war, schien kaum möglich; aber er gab das Geld auch aus, wie er es bekam, und hatte nie gespart. Ich beschloß, zu ihm zu gehen. Ich kaufte in der gleichen Straße eine Flasche Likör, zwei Tüten Erdnüsse und zwei geräucherte Fischköpfe.

Seine Tür war verschlossen. Ich rief zweimal, aber es kam

keine Antwort. Ich dachte, er sei eingeschlafen, und rief lauter und hämmerte gegen die Tür.
»Er ist ausgegangen«, rief unfreundlich die Großmutter der Kinder, eine dicke Frau mit kleinen Augen, die ihren grauen Kopf aus dem gegenüberliegenden Fenster steckte.
»Wo ist er hingegangen?« fragte ich.
»Wohin? Wer weiß – wohin sollte er gehen? Sie können warten, er wird bald zurück sein.«
Ich stieß die Tür auf und ging in seinen Wohnraum. Der Raum war sehr verändert und sah trostlos aus in seiner Leere. Er enthielt nur noch wenig Mobiliar, und von der Bibliothek waren nur die fremdsprachigen Bücher übrig, die nicht gekauft wurden. In der Mitte stand noch der Tisch, um den sich früher jene traurigen, eleganten jungen Männer, verkannte Genies, und schmutzige lärmende Kinder versammelt hatten. Jetzt herrschte Ruhe, und auf dem Tisch lag eine dünne Staubschicht. Ich stellte die Flasche und die Tüten hin, zog einen Stuhl heran und setzte mich mit dem Blick zur Tür an den Tisch.
Bald danach ging die Tür auf, und still wie ein Schatten kam jemand herein. Es war Wei. An dem Zwielicht mochte es liegen, daß sein Gesicht so dunkel aussah; sein Ausdruck war unverändert. »Ah, Sie sind es? Wie lange sind Sie schon hier?« Er schien freudig überrascht.
»Nicht sehr lange«, sagte ich. »Wo waren Sie?«
»Eigentlich nirgends. Nur spazieren.«
Er zog sich ebenfalls einen Stuhl heran und setzte sich an den Tisch. Wir begannen zu trinken, und ich brachte das Gespräch darauf, daß er seine Stellung verloren hatte. Er wollte jedoch nicht darüber sprechen. Er hatte damit gerechnet; denn er war schon oft in ähnlicher Lage gewesen, und es war durchaus nichts Besonderes und lohnte nicht, darüber Worte zu verlieren. Wie gewöhnlich trank er viel und sprach über Gesellschaftsprobleme und über das Studium der Geschichte. Irgend etwas bewog mich, auf die leeren Bücherbretter hinzusehen, und im Gedanken an die »Kommentare zur Geschichte Ssuma Chiens« hatte ich ein leises Gefühl von Einsamkeit und Trauer.

»Ihr Zimmer sieht verlassen aus... Haben Sie jetzt weniger Besucher?«
»Keine. Sie finden keinen Spaß daran, wenn ich nicht gut gelaunt bin. Schlechte Laune macht unbequem. Man geht ja auch nicht in den Park im Winter...«
Er nahm nacheinander zwei Schluck Likör und verfiel in Schweigen.
Plötzlich sah er auf und fragte: »Ich nehme an, Sie haben auch kein Glück gehabt bei der Arbeitssuche?«
Ich wußte genau, daß er leicht betrunken war, aber es ärgerte mich doch. Gerade wollte ich etwas entgegnen, da horchte er auf, nahm eine Handvoll Erdnüsse und ging hinaus. Draußen hörte man die Kinder lachen und schreien. Aber sobald er aus der Tür trat, wurden die Kinder still. Anscheinend liefen sie weg. Er folgte ihnen und sagte etwas, aber ich konnte keine Antwort hören. Dann kam er zurück, still wie ein Schatten, und tat die Erdnüsse wieder in die Tüte.
»Sie nehmen nicht einmal mehr das von mir«, sagte er sarkastisch mit leiser Stimme.
»Wei, alter Freund«, sagte ich und zwang mich zu lächeln, wenngleich mir schwer ums Herz war. »Ich glaube, Sie quälen sich absichtlich. Warum denken Sie so schlecht von Ihren Mitmenschen?«
Er lächelte nur zynisch.
»Ich bin noch nicht zu Ende. Wahrscheinlich denken Sie, daß Leute wie ich, die gelegentlich hierherkommen, nur die Zeit totschlagen und sich auf Ihre Kosten amüsieren wollen?«
»Nein, das denke ich nicht. Das heißt, manchmal doch. Vielleicht kommen sie, um sich über irgend etwas zu unterhalten.«
»Dann denken Sie falsch. Die Menschen sind nicht so. Wirklich, Sie spinnen sich ein wie in einen Kokon. Sie sollten weniger schwarzsehen.« Ich seufzte.
»Vielleicht. Aber sagen Sie mir, woher kommt der Faden zu dem Kokon? Viele Menschen sind einfach so, meine Großmutter zum Beispiel. Und obwohl kein Tropfen von

ihrem Blut in meinen Adern ist, wird es mir wohl ebenso ergehen wie ihr. Aber das macht nichts. Ich habe mein Schicksal schon beweint, als ich um sie weinte...«

Ich dachte an das, was beim Begräbnis seiner Großmutter geschehen war. Ich hatte es deutlich vor Augen.

»Ich verstehe immer noch nicht, warum Sie damals so bitter weinten«, sagte ich reichlich ungeschickt.

»Beim Begräbnis meiner Großmutter, meinen Sie? Nein, das können Sie auch nicht verstehen.« Er zündete die Lampe an. »Ich glaube, gerade deshalb wurden wir Freunde«, sagte er ruhig. »Sie wissen, diese Großmutter war die zweite Frau meines Großvaters. Die Mutter meines Vaters starb, als er drei Jahre alt war.«

Er wurde nachdenklich, trank schweigend und aß einen geräucherten Fischkopf.

»Ich wüßte nicht zu sagen, wie es anfing. Jedenfalls war ich von Kind auf schüchtern. Damals lebte mein Vater noch, und unserer Familie ging es gut. Zum Neujahrsfest pflegten wir die Ahnenbilder aufzuhängen und ein großes Opfer abzuhalten. Es war eine meiner seltenen Freuden, diese prächtig geputzten Bilder anzusehen. Wir hatten damals ein Dienstmädchen, das mich immer vor eines der Bilder schleppte, darauf zeigte und sagte: ›Das ist deine richtige Großmutter, verneige dich vor ihr, damit sie dich beschützt und du gesund und stark wirst.‹ Ich konnte nicht begreifen, wie es kam, daß ich neben der Großmutter, die täglich um mich war, noch eine andere hatte. Aber ich liebte diese meine ›richtige‹ Großmutter. Sie war jung und schön, nicht so alt wie die zu Hause, und in dem roten Kleid mit Goldstickerei und Perlenhaube glich sie meiner Mutter. Wenn ich sie ansah, schien sie mich auch anzusehen, und ein feines Lächeln lag um ihre Lippen. Ich wußte, sie liebte mich. Aber ich liebte auch die andere Großmutter, die zu Hause Tag für Tag unter dem Fenster saß und stickte. Jedoch, so fröhlich ich auch lachte, vor ihren Füßen spielte oder sie anrief, ich konnte sie nicht zum Lachen bringen. So glaubte ich schließlich, sie sei kalt und anders als die Großmütter anderer Kinder. Aber

ich liebte sie noch. Später allerdings wurde mein Verhältnis zu ihr kühler, nicht weil ich älter geworden war und erfahren hatte, daß sie nicht meine richtige Großmutter war, sondern weil mich störte, wie sie unaufhörlich stickte, mechanisch, Tag um Tag. Sie blieb sich immer gleich. Sie stickte, sorgte für mich, liebte und beschützte mich wie vorher; und wenn sie auch selten lächelte, sie schalt mich nie. Nachdem mein Vater tot war, lebten wir fast ausschließlich von ihren Stickereien. So blieb es, bis ich zur Schule ging ...«

Das Licht war nahe am Verlöschen und flackerte. Er stand auf und füllte aus einem kleinen Kupferkessel, den er unter dem Bücherschrank hervorzog, die Lampe nach.

»Der Preis für Petroleum ist diesen Monat zweimal gestiegen«, sagte er langsam, nachdem er den Docht hochgeschraubt hatte. »Das Leben wird von Tag zu Tag schwerer ... Sie blieb die gleiche, bis ich das Studium beendet und eine Stellung bekommen hatte, wodurch unsere Existenz gesicherter war. Sie änderte sich nicht, glaube ich, bis sie krank war, unfähig sich zu bewegen, und im Bett bleiben mußte ... Da ihr Leben im ganzen, denke ich, nicht sehr unglücklich war, und sie lange lebte, hätte ich an sich keinen Grund gehabt zu trauern. Übrigens, waren zum Klagen nicht genug andere da? Sogar jene jammerten und schienen von Gram gebeugt, die alles versucht hatten, sie auszuplündern.« Er lachte. »In jenem Augenblick jedoch stand ihr ganzes Leben vor mir, das Leben einer Frau, die für sich die Einsamkeit gewählt und viele Bitternis erfahren hatte. Und ich fühlte, es gab viele ihresgleichen. Ihnen galt meine Klage. Aber vielleicht war es auch nur Sentimentalität ... Sie wollten wissen, was ich ihr gegenüber empfand. Von heute aus gesehen war falsch, was ich damals dachte. Wie gesagt, je älter ich wurde, desto mehr kühlten sich meine Gefühle für sie ab.«

Er schwieg, senkte den Kopf und saß, eine Zigarette zwischen den Fingern haltend, grübelnd da. Das Licht flakkerte.

»Es ist hart, mit dem Wissen zu leben, niemand wird

trauern, wenn man stirbt«, sagte er, wie zu sich selbst. Nach einer Pause sah er zu mir auf und sagte: »Sie können mir wohl auch nicht helfen? Ich muß sehr bald irgendeine Arbeit finden.«
»Haben Sie nicht andere Freunde, die Sie fragen können?« Ich war nicht in der Lage, mir selbst zu helfen, geschweige denn anderen.
»Ich habe einige, aber die sind alle im gleichen Boot...«
Als ich ihn verließ, stand der volle Mond hoch am Himmel, und die Nacht war sehr still.

IV

Mein Lehramt in Shanyang war kein Rosenbett. Ich unterrichtete zwei Monate, ohne daß ich einen Cent Gehalt bekam, bis ich schließlich auf Zigaretten verzichten mußte. Aber andere waren zufrieden, selbst jene, die im Monat nur fünfzehn oder sechzehn Dollar verdienten. Sie hatten eine eiserne Konstitution, gestählt durch ein hartes Leben, und pflegten bis in die Nacht zu arbeiten, obwohl sie abgehärmt und mager waren. Nur wenn Vorgesetzte auftauchten, unterbrachen sie die Arbeit und erhoben sich respektvoll. So übten sie sich darin, primitiv zu leben und erhaben zu denken. Das erinnerte mich irgendwie an Weis Abschiedsworte. Er war immer mehr in Not geraten, blickte oft verstört, und schien seinen Zynismus eingebüßt zu haben. Als er hörte, daß ich abreisen wollte, war er zum Abschied spät nachts zu mir gekommen und hatte nach einigem Zögern gestottert:
»Ob sich da für mich etwas finden wird? Ich würde auch Abschriften machen, für zwanzig oder dreißig Dollar monatlich. Das genügt... Ich...«
Ich war überrascht. Ich hatte nicht gedacht, daß er sich so weit demütigen könnte, und wußte nicht, was ich antworten sollte.
»Ich... will noch ein wenig länger leben...«
»Ich werde mich umsehen, sobald ich dort bin, und mein Bestes tun.«

Das hatte ich damals versprochen, und die Worte Weis klangen mir später oft im Ohr, als ob er bei mir wäre: »Ich will noch ein wenig länger leben.«

Ich versuchte verschiedene Leute für ihn zu interessieren, aber ohne Erfolg. Es gab wenig freie Stellen und viel Arbeitslose. Überall hörte ich, man bedaure, aber man könne nicht helfen, und so konnte auch ich ihm nur schreiben, ich bedaure ... Am Ende des Semesters hatte meine Lage, die schlecht genug war, sich noch verschlechtert. Die von einigen Gebildeten der Stadt herausgegebene Zeitschrift »Vernunft« begann mich anzugreifen. Natürlich wurden Namen nicht genannt, aber man deutete geschickt an, daß ich in der Schule Unruhe verbreite. Sogar meine Bemühungen für Wei wurden als Versuch ausgelegt, eine Clique um mich zu sammeln.

So mußte ich mich ruhig verhalten. Wenn ich nicht in der Klasse war, lag ich niedergeschlagen in meinem Zimmer und befürchtete manchmal sogar, man würde finden, ich verbreite Unruhe, wenn Zigarettenrauch aus meinem Fenster stieg. Für Wei konnte ich natürlich nichts mehr tun. Dieser Zustand hielt an bis zur Mitte des Winters.

Jeden Tag war Schnee gefallen. Es hatte am Abend nicht aufgehört zu schneien. Draußen war es so still, daß man die Stille wie einen fernen Ton zu hören glaubte, anhaltend und gleichbleibend. Ich schloß die Augen, saß untätig beim matten Schein der Lampe und stellte mir die dicht fallenden Schneeflocken vor, ein unaufhörliches Gestöber. Auch zu Hause war nun bald Neujahr, und alle würden geschäftig sein. Ich sah mich selber wieder, als Kind, wie ich mit einer Gruppe anderer Kinder auf dem ebenen Boden im Hinterhof einen Schneemann baute. Die Augen des Schneemanns, aus pechschwarzen Kohlestückchen gemacht, verwandelten sich in Weis Augen.

»Ich will noch ein wenig länger leben.« Wieder die gleiche Stimme. »Wozu?« fragte ich gedankenlos und wußte auch schon, daß die Frage dumm war. Ich richtete mich auf, zündete eine Zigarette an und öffnete das Fenster. Es schneite stärker. Dann hörte ich ein Klopfen an der

Tür, sie ging auf, und der Diener kam herein. Er brachte mir einen umfangreichen Brief. Die Schrift auf dem Umschlag war flüchtig hingekritzelt, aber ich konnte Weis Namen lesen.

Dies war der erste Brief, den er mir seit meiner Abreise von S. schrieb. Da ich wußte, daß er ein schlechter Briefschreiber war, hatte sein Schweigen mich nicht überrascht. Nur meinte ich manchmal, es hätte sich gehört, daß er mir schrieb, wie es ihm gehe. Daß ich nun diesen Brief bekam, war immerhin eine Überraschung. Ich öffnete ihn. Auch der Brief war flüchtig gekritzelt. Und dies schrieb Wei:

...Shen-fei!

Wie sollte ich Sie anreden? Ich schicke einen Blankoscheck für Sie. Füllen Sie ihn nach Ihrem Ermessen aus. Es ist mir ganz gleich.

Ich bekam insgesamt drei Briefe von Ihnen. Ich antwortete aus einem sehr einfachen Grunde nicht: ich hatte kein Geld für Briefmarken. Vielleicht möchten Sie gern wissen, wie es mir ergangen ist. Um es kurz zu machen: ich habe kapituliert. Ich dachte damals schon, ich sei besiegt. Aber es war nicht so. Jetzt jedoch ist meine Niederlage endgültig. Früher gab es jemanden, dem daran lag, daß ich noch ein wenig länger lebte. Und ich wünschte es selbst, wenn ich es auch beschwerlich fand. Jetzt ist es nutzlos. Aber ich muß weiterleben...!

Soll ich weiterleben?

Dem daran lag, daß ich lebte, der konnte selbst nicht leben. Er wurde vom Feind gefangen und getötet. Wer tötete ihn?

Niemand weiß es.

Die Dinge ändern sich so schnell! Das letzte halbe Jahr war ich ein Bettler. In der Tat, man konnte mich für einen Bettler ansehen. Ich hatte jedoch mein Ziel, ich war gewillt, dafür betteln zu gehen, dafür zu frieren und zu hungern, dafür Einsamkeit und Härten zu ertragen. Aber ich dachte nicht daran, mich aufzugeben. Sie sehen die Tatsache, daß einem Menschen an meinem Weiterleben lag, erwies sich als sehr fruchtbar. Aber jetzt ist keiner da, niemand. Und zugleich fühle ich, daß ich nicht verdiene zu leben – und die anderen verdienen es meiner Meinung nach auch nicht. Aber jetzt will ich weiterleben, wenn auch nur, weil mich viele gern tot sähen; denn letzten Endes ist keiner mehr da, dem daran liegt, daß ich anständig lebe, und so kann ich keinem wehtun. Ich möchte solchen Menschen nicht wehtun. Aber jetzt ist niemand da, niemand. Welch Glück! Herrlich! Ich tue jetzt, was ich früher bekämpft und verabscheut habe. Ich gebe jetzt alles auf, was ich früher glaubte und hochhielt. Ich bin besiegt – aber ich habe gewonnen.

Denken Sie, ich bin wahnsinnig? Denken Sie, ich bin ein Held geworden oder ein großer Mann? Nein, das bin ich nicht! Es ist ganz einfach: ich bin Berater General Tu's, für ein Gehalt von achtzig Dollar im Monat.

Shen-fei, was werden Sie von mir denken? Denken Sie, was Sie wollen. Es ist mir gleich.

Vielleicht erinnern Sie sich noch an meine frühere Wohnung, wo wir unser erstes und unser letztes Gespräch hatten. Ich benutze sie noch. Jetzt sind wieder Gäste da, wieder Bestechungsgeschenke, wieder Schmeicheleien, wieder Speichellecker, die meine Gunst suchen, wieder Kotaus und Verbeugungen, wieder Mah-yong und Trinkspiele, da ist wieder Hochmut und Ekel, wieder Schlaflosigkeit und wieder Bluthusten ...

In Ihrem letzten Brief schrieben Sie, daß Sie mit Ihrem Lehramt Schwierigkeiten haben. Wollen Sie einen Posten als Berater? Sie brauchen nur ein Wort zu sagen, und ich werde es für Sie arrangieren. In einer Portierloge zu arbeiten, kommt heutzutage auf das gleiche hinaus. Die gleichen Gäste, Schmeicheleien und Bestechungen ...

Hier schneit es heftig. Wie ist es bei Ihnen? Es ist Mitternacht, ich habe eben Blut gespien, das hat mich ernüchtert. Mir fällt ein, daß Sie mir schon dreimal geschrieben haben seit dem Herbst, erstaunlich! So muß ich Ihnen wohl einiges über mich mitteilen. Hoffentlich habe ich Sie nicht verletzt.

Ich werde wahrscheinlich nicht wieder schreiben. Sie ken-

3 Auf dem Weg in das Land mit
Reis das er nicht erreichen wird
Verkauft der Hungrige den Sohn
Um Weg zehrung
(nach Pu Sung Ling)

1 FRAGE UND ANTWORT

1 (japanisch)

Kamerad siehst du die Wolke überm Festland
Kommt Wind Kommt Schnee
Kamerad wo werden unsre Leiber liegen
Wo wir fallen Kamerad werden unsre Leiber liegen

2 (chinesisch)

Den Becher Reiswein vor dir und
Das Paradies Alter was willst du mehr
Ich wollt mein Becher füllte sich von selber
Ich hätte gern daß Freunde mich besuchten
Statt des Beamten der die Steuer eintreibt
Auch sähe ich gern meine Kinder wohlhabend
Dann wollte ich noch hundert Jahre leben
Und verzichtete auf das Paradies

HEROISCHE LANDSCHAFT

2 VARIATION AUF EIN THEMA VON MAO TSE TUNG

Der siebenfarbige Hügel
Gepflügt mit ~~Bomben~~ Kugeln mit Leichen bedeckt
Ist schön wie vor der Schlacht

In den Kriegen die kommen werden
Erbleichen wird der siebenfarbige Hügel

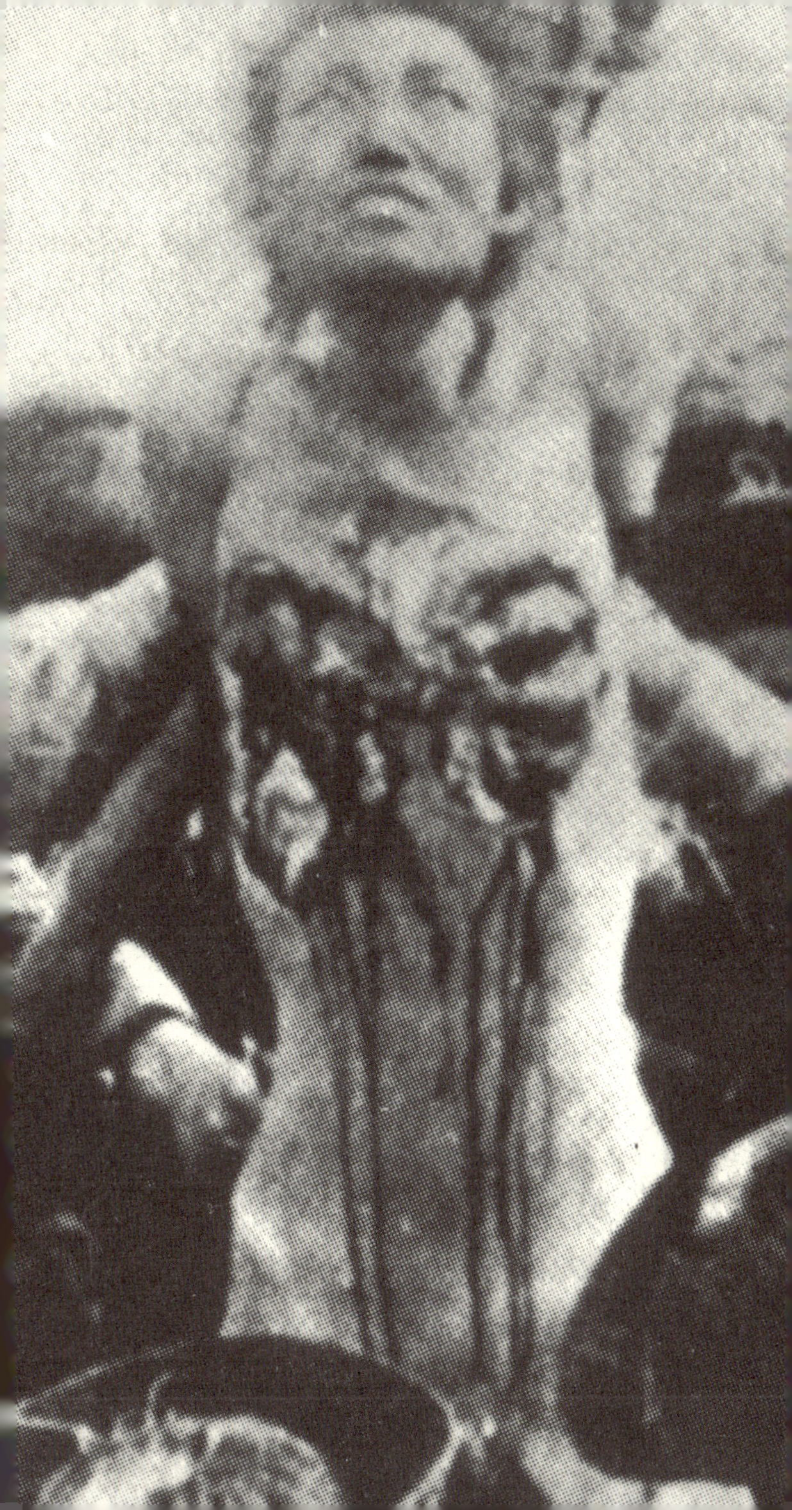

nen mich ja. Wann kommen Sie zurück? Wenn Sie kommen, könnten wir uns sehen. Doch ich glaube, wir haben nicht mehr den gleichen Weg, so ist es wohl besser, Sie vergessen mich. Ich danke Ihnen von ganzem Herzen für Ihre Bemühungen, mir Arbeit zu verschaffen. Aber nun vergessen Sie mich bitte. Mir »geht es gut«.
Wei Lien-shu, 14. Dezember.

Der Brief »verletzte« mich zwar nicht, doch als ich ihn, nach dem ersten hastigen Überfliegen, sorgfältig ein zweites Mal las, war ich zugleich unruhig und beruhigt. Er hatte sein Auskommen, und ich brauchte mir eigentlich keine Gedanken zu machen. Ich konnte jedenfalls nichts tun. Ich dachte daran, ihm zu schreiben, fühlte aber, daß da nichts zu sagen war.

In der Tat vergaß ich ihn mit der Zeit. Sein Gesicht stand mir nicht mehr so oft vor Augen. Jedoch, noch nicht zehn Tage nachdem ich den Brief bekommen hatte, begann die Redaktion der lokalen Zeitung mir ihr Blatt zuzuschicken. Ich las solche Zeitungen in der Regel nicht, aber da sie mir zugeschickt wurden, sah ich mir einen Artikel flüchtig an. Und so wurde ich wieder an Wei erinnert, denn das Blatt brachte häufig Gedichte und Aufsätze über ihn, so »Besuch bei dem Gelehrten Wei nachts während eines Schneesturms«, »Eine poetische Zusammenkunft in der Gelehrtenwohnung des Beraters Wei« und so fort. Einmal gaben sie sogar, unter der Überschrift »Tischgespräche«, mit Behagen ausgesponnen, einige Anekdoten wieder, die zuvor als Anlaß zu Gelächter genommen worden wären. Jetzt waren es »Anekdoten um ein exzentrisches Genie«. Nur so ein außergewöhnlicher Mensch, hieß das, konnte so ungewöhnliche Dinge getan haben.

Obwohl ich dadurch wieder an ihn erinnert wurde, verblaßte mir sein Bild immer mehr. Und doch schien es mir die ganze Zeit, als käme er mir immer näher, und ich hatte oft ein unerklärliches Gefühl der Unruhe. Irgend etwas warf seinen Schatten voraus.

Im Herbst kam die Zeitung nicht mehr. Dafür veröffentlichte die Shanyanger Zeitschrift den ersten Teil einer langen Abhandlung »Über den Wahrheitsgehalt von Gerüchten«, die anzeigte, daß Gerüchte über gewisse Herren die Ohren der Mächtigen erreicht hätten. Ich war einer der Angeklagten. Ich mußte sehr vorsichtig sein. Ich mußte achtgeben, daß der Rauch meiner Zigarette niemandem im Weg war. Die Vorsichtsmaßregeln nahmen viel Zeit in Anspruch, ich konnte mich um nichts anderes kümmern und hatte natürlich keine Zeit, an Wei zu denken. Ich vergaß ihn.

Jedoch konnte ich meine Stellung nicht bis zum Sommer halten. Ende Mai hatte ich Shanyang schon verlassen.

Ich hielt mich, länger als ein halbes Jahr, abwechselnd in Shanyang, Licheng und Taiku auf, konnte aber keine Arbeit finden. So entschloß ich mich, nach S. zurückzugehen. Ich kam an einem Nachmittag zu Beginn des Frühlings an. Es war ein trüber Tag mit dichtem Nebel. Da die Räume, die ich hier früher bewohnt hatte, noch leer standen, blieb ich dort.

Unterwegs hatte ich an Wei gedacht, und nach meiner Ankunft nahm ich mir vor, ihn nach dem Essen zu besuchen. Ich ging lange durch die vom Nebel feuchten Straßen, an vielen Hunden vorbei, die im Weg lagen, bis ich vor seiner Wohnung stand.

Es war sehr hell drinnen, schien mir. Sogar seine Wohnung ist besser beleuchtet, seit er Berater eines Generals ist, dachte ich und lächelte bei dem Gedanken. Doch als ich aufblickte, sah ich, daß ein Streifen weißes Papier an die Tür geheftet war.

Im Hineingehen dachte ich, die Großmutter der Kinder könnte gestorben sein. Aber ich ging weiter.

In dem matt erleuchteten Vorraum stand ein Sarg, daneben im Gespräch mit der Alten ein Soldat oder uniformierter Diener. Auch einige Arbeiter in kurzen Joppen standen da herum. Mein Herz schlug schneller. Da drehte sich die Alte um und sah mich.

»Ah, Sie sind zurück? Warum sind Sie nicht früher gekommen?« rief sie.

»Wer... wer ist gestorben?« Ich wußte es, aber ich fragte.

»Berater Wei starb vorgestern.«
Ich sah mich um. Der Wohnraum war spärlich erleuchtet, wahrscheinlich nur durch eine Lampe. Das vordere Zimmer war mit weißen Trauervorhängen ausgeschmückt. Die Enkel der Alten standen an der Tür.
»Die Leiche ist dort«, sagte die Alte jetzt, trat vor und zeigte in das Vorderzimmer. »Nach Herrn Weis Beförderung überließ ich ihm auch das Vorderzimmer. Dort ist er jetzt.«
Die Trauervorhänge waren nicht beschriftet. Vorn stand ein langer Tisch, dahinter ein viereckiger, auf den einige Dutzend Schüsseln gestellt waren. Als ich eintrat, tauchten zwei Männer in langen weißen Gewändern auf und vertraten mir den Weg. Ihre Augen, die denen toter Fische ähnelten, waren überrascht und mißtrauisch auf mich gerichtet. Ich setzte ihnen hastig meine Verwandtschaft mit Wei auseinander, und die Alte bestätigte meine Angaben. Daraufhin erlaubten sie mir, mich vor dem Toten zu verneigen.
Als ich mich verneigte, hörte ich neben mir auf dem Boden jemand weinen. Ich sah ein Kind von etwa zehn Jahren, ebenfalls in Weiß gekleidet, auf einer Matte knien. Man hatte ihm das Haar kurz geschnitten und mit Flachs gebunden.
Später erfuhr ich, daß einer der Männer Weis Vetter war, sein nächster Verwandter, der andere ein Neffe.
Ich bat, Wei sehen zu dürfen. Sie versuchten alles, mich davon abzubringen, ich wäre, sagten sie, »zu freundlich«. Schließlich gaben sie doch nach und lüfteten den Vorhang.
So sah ich Wei im Tode. Doch, obwohl er ein zerknittertes, vorn mit Blut beflecktes Hemd trug und sein Gesicht eingefallen war, schien sein Ausdruck unverändert. Er schlief, den Mund und die Augen geschlossen, so ruhig, daß ich versucht war, meinen Finger vor seine Nasenlöcher zu halten, um zu sehn, ob er noch atmete.
Alle waren totenstill, die Lebenden und der Tote. Als ich mich zurückziehen wollte, sprach mich der Vetter an und

stellte fest, daß Weis früher Tod in der Blüte seines Lebens, bei der großen Zukunft, die vor ihm gelegen habe, nicht nur ein Unglück für seine unwürdige Familie sei, sondern auch schmerzlich für seine Freunde. Es schien, als wollte er Wei dafür entschuldigen, daß er gestorben war. Solche Beredsamkeit ist selten bei Dorfleuten. Dann verfiel er wieder in Schweigen, und alle waren totenstill, die Lebenden und der Tote.

Freudlos, aber keineswegs traurig ging ich zurück in den Vorraum, um mit der Alten zu schwatzen. Sie sagte mir, das Begräbnis würde bald stattfinden; sie warteten nur noch auf die Leichengewänder. Wenn der Sarg zugenagelt werden würde, dürften Leute, die unter bestimmten Sternen geboren waren, nicht in der Nähe sein. Sie plapperte weiter, die Worte wie eine Flut hervorsprudelnd. Sie sprach über Weis Krankheit, über Vorkommnisse in seinem Leben und äußerte sich sehr kritisch.

»Sie wissen, nachdem Herr Wei zu Ansehen gelangt war, wurde er ein anderer Mensch. Er trug den Kopf hoch und blickte hochmütig, er hörte auf, die Leute auf seine alte pedantische Art zu behandeln. Wußten Sie, daß er sich benahm wie ein Schwachsinniger und mich ›gnädige Frau‹ nannte? Später«, sie kicherte, »nannte er mich ›alte Hündin‹. Es war unsagbar komisch. Wenn ihm die Leute seltene Kräuter, zum Beispiel carthamus, schickten, statt sie selbst zu essen, pflegte er die in den Flur zu werfen, hierher, und zu rufen: nimm du das, alte Hündin! Nachdem er zu Ansehen gelangt war, hatte er viel Besucher. So räumte ich ihm mein Vorderzimmer ein und zog in das seitlich gelegene. Wie wir im Scherz immer sagten, er wurde ein anderer Mensch, als er Glück gehabt hatte. Wenn Sie einen Monat früher gekommen wären, hätten Sie den ganzen Spaß miterleben können: Trinkgelage, buchstäblich jeden Tag, Gespräche, Gelächter, Gesang, Versemachen und Mah-jong ...

Er hatte vor Kindern mehr Angst als Kinder vor ihrem eigenen Vater haben, er kroch buchstäblich vor ihnen. Aber auch das änderte sich unlängst, und er wurde zum

Narren. Meine Enkel spielten gern mit ihm und gingen zu ihm, sooft sie konnten. Er dachte sich alle möglichen Späße aus; wenn sie wollten, daß er ihnen etwas kaufte, ließ er sie darum betteln: sie mußten bellen wie Hunde oder einen plumpen Kotau machen. Das war ein Spaß! Vor zwei Monaten bat ihn mein zweiter Enkel, ihm ein Paar Schuhe zu kaufen. Er mußte drei Kotaus machen. Die Schuhe trägt er noch, sie sind noch gut.«

Sobald einer der weißgekleideten Männer herauskam, verstummte sie. Ich fragte nach Weis Krankheit, aber sie konnte mir nur wenig sagen. Sie wußte nur, daß er immer mehr abgemagert war. Sie hätten sich darüber keine Gedanken gemacht, weil er immer so heiter war. Vor einem Monat etwa hätten sie gehört, daß er Blut gespien habe. Scheinbar hätte er aber keinen Arzt aufgesucht. Dann habe er im Bett bleiben müssen. Drei Tage bevor er gestorben war, schien er die Sprache verloren zu haben. Sein Vetter sei eigens den langen Weg aus dem Dorf gekommen, um Wei zu fragen, ob er Ersparnisse hätte. Aber Wei habe kein Wort gesagt. Sein Vetter hätte gemeint, er verstelle sich, aber einige Leute sagten, daß Schwindsüchtige im Sterben wirklich die Sprache verlören...

»Herr Wei war ein sonderbarer Mensch«, flüsterte sie plötzlich. »Er sparte nie, er warf das Geld zum Fenster hinaus. Sein Vetter argwöhnt immer noch, daß wir etwas bekommen haben. Der Himmel weiß es, wir haben nichts bekommen, nichts. Er gab alles aus, leichtsinnig wie er war. Wenn er heute etwas kaufte, verkaufte er es morgen wieder und brachte das Geld durch. Weiß der Himmel, wie. Als er starb, war nichts geblieben, alles vertan. Sonst wäre heute alles anders...

Er machte sich über alles lustig und kümmerte sich um nichts. Ich wußte das und sprach mit ihm darüber. In seinem Alter hätte er längst heiraten sollen, er hätte es sich leisten können. Und wäre keine passende Familie zu finden gewesen, hätte er sich schließlich ein paar Konkubinen halten können. Man muß doch den Schein wahren.

Aber er lachte immer, wenn ich ihn darauf brachte. ›Alte Hündin, daß du dich immer um andere Leute kümmern mußt‹, pflegte er zu sagen. Sie sehen, wie frivol er war, er war taub für gute Ratschläge. Hätte er auf mich gehört, so würde er jetzt nicht allein in der Unterwelt umherirren müssen. Wenigstens hätte er jemanden, der um ihn weint.«

Ein Ladengehilfe kam und brachte einige Kleidungsstücke. Die drei Verwandten des Toten suchten die Totenwäsche heraus und verschwanden hinter dem Vorhang. Bald darauf wurde der Vorhang zur Seite geschoben. Die Leiche war bekleidet mit der neuen Totenwäsche. Jetzt gingen sie daran, ihr die Oberkleider anzuziehen. Ich war überrascht, als ich sah, daß er mit einer khakifarbenen Uniformhose mit breiten roten Streifen und einem Rock mit glitzernden Epauletten bekleidet wurde. Ich wußte nicht, welche Rangstufe die Epauletten bezeichneten, noch wie Wei zu diesem Rang kam. Dann wurde der Körper in den Sarg gelegt. Wei lag da, ein Paar brauner Lederschuhe neben den Füßen, ein Papierschwert im Gürtel, die Uniformmütze mit Goldrand neben dem hageren aschfarbenen Gesicht. Es sah fatal aus. Die drei Verwandten wehklagten neben dem Sarg, dann hielten sie inne und wischten sich die Tränen ab. Der Junge mit dem Flachs im Haar ging hinaus, auch das dritte Enkelkind der Alten – zweifellos waren sie unter dem unrechten Stern geboren.

Als die Arbeiter den Sargdeckel hoben, trat ich vor, um Wei ein letztes Mal zu sehen. In seinem lächerlichen Aufzug lag er ruhig da, den Mund und die Augen geschlossen. Wie mir schien, lag ein ironisches Lächeln um seine Lippen, als verhöhne er den eigenen lächerlichen Leichnam.

Als die ersten Nägel eingeschlagen wurden, begann das Wehklagen von neuem. Lange konnte ich es nicht aushalten, ich zog mich in den Flur zurück.

Auf einmal stand ich draußen. Die Straße glänzte feucht. Ich sah hinauf zum Himmel; die Wolkenbänke hatten sich

zerstreut, und am Himmel hing der volle Mond und verbreitete ein kühles Licht.
Ich ging schneller, ungestüm, als gelte es, eine unüberwindbare Mauer zu durchbrechen. Ein Geräusch war in meinen Ohren, das immer mehr anschwoll, bis es mir in den Ohren gellte. Es war ein langgezogenes Heulen, der Schrei eines verwundeten Wolfs in der Wildnis, in tiefer Nacht, Todesqual und Schmerz und Zorn. Danach war mir leichter ums Herz, und ich ging ruhig weiter auf der feucht glänzenden steinigen Straße unter dem Mond.

Heiner Müller, geboren 1929 in Eppendorf (Sachsen).

Der Abdruck der Stücke *Don Juan* und *Arzt wider Willen* erfolgt mit freundlicher Genehmigung des Henschelverlages Kunst und Gesellschaft, DDR-Berlin.

Don Juan, entstanden 1967 für eine Inszenierung Benno Bessons am Deutschen Theater Berlin (DDR), Uraufführung 1968, westdeutsche Erstaufführung 1972, Städtische Bühnen Nürnberg.

Arzt wider Willen, entstanden 1969 für eine Inszenierung Benno Bessons an der Volksbühne Berlin (DDR), westdeutsche Erstaufführung 1989 am Landestheater Detmold.

Der Misanthrop. Der Übersetzung aus dem Englischen von Heiner Müller lag der Band *Selected stories of Lu Hsün,* Foreign Language Press, Peking 1954, zugrunde. Heiner Müller veröffentlichte diesen Text unter dem Pseudonym Jacob Sabest im *Sonntag,* Berlin (DDR) in den Nummern vom 3., 10., 17. und 24. 10. 1954. Das vierte Kapitel erschien bereits in: *Explosion of a Memory,* Heiner Müller DDR, ein Arbeitsbuch, Hg. Wolfgang Storch, Berlin (West) 1988, S. 194.

DIE HEINER-MÜLLER-AUSGABE

GESCHICHTEN AUS DER PRODUKTION 1
Rotbuch 108. 160 Seiten, mit Abbildungen. DM 16

GESCHICHTEN AUS DER PRODUKTION 2
Rotbuch 126. 136 Seiten. DM 16

DIE UMSIEDLERIN
ODER DAS LEBEN AUF DEM LANDE
Rotbuch 134. 120 Seiten. DM 14

THEATER-ARBEIT
Rotbuch 142. 128 Seiten, mit Abbildungen. DM 16

GERMANIA TOD IN BERLIN
Rotbuch 176. 96 Seiten, mit Abbildungen. DM 10

MAUSER
Rotbuch 184. 104 Seiten, mit Abbildungen. DM 12

HERZSTÜCK
Rotbuch 270. 136 Seiten. DM 14

SHAKESPEARE FACTORY 1
Rotbuch 290. 256 Seiten. DM 22

SHAKESPEARE FACTORY 2
Rotbuch 291. 272 Seiten. DM 25

KOPIEN 2
Rotbuch 337. 160 Seiten. DM 18